有木大輔 著

唐詩選版本研究

不許翻刻

好文出版梓

前北齋為一画

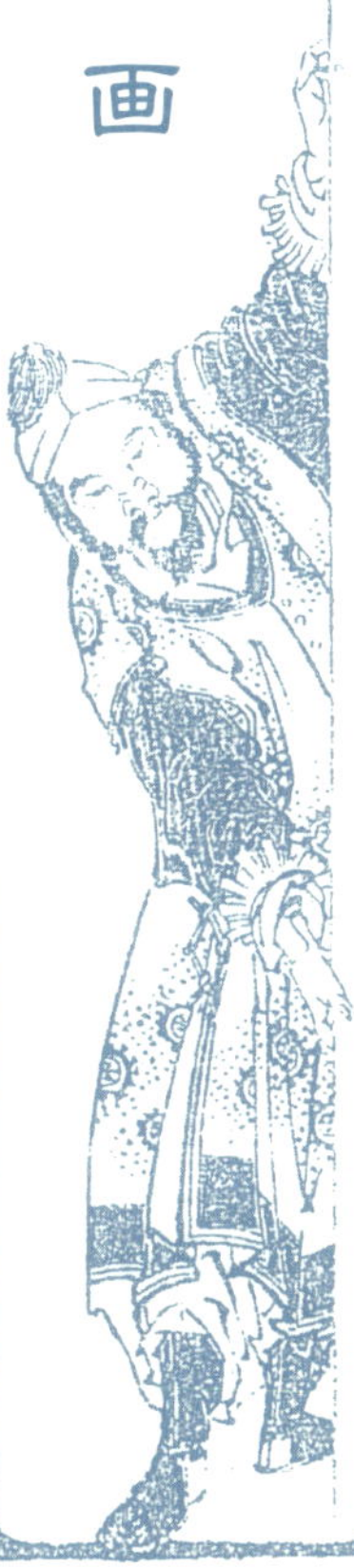

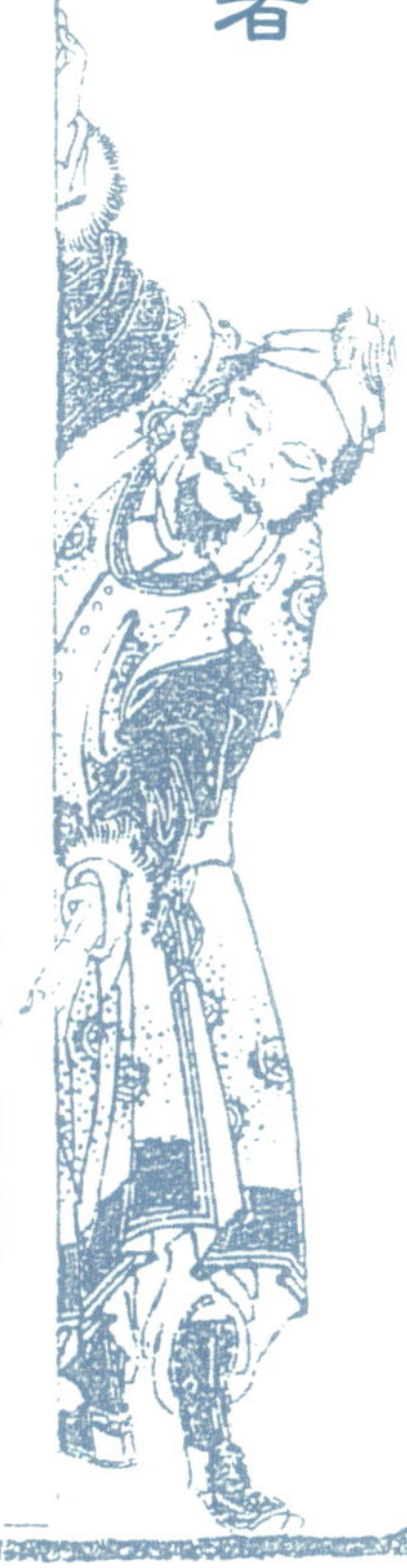

唐詩選版本研究

——目次

〔目　次〕

前　言

「唐詩選の善本はどれか」

筆者がよく耳にする質問である。鷗外や漱石をはじめ、幼少期に『唐詩選』を手にしたことのある先達は多い。彼らの文学観を形成したであろう文献資料にあたるのは、文学研究の基本でもある。『唐詩選』は初学の入門書として、唐詩鑑賞講座の教材や個人的な趣味にも最適な書といえる。古書店には大小様々な『唐詩選』が陳列され、現在も幾つもの出版社から解説書が刊行されている。これらを机上に積み上げて、はたと冒頭の疑問にぶつかる。

筆者も的確な答えを用意している訳ではない。本書は『唐詩選』の各版本を取り上げ、それぞれの特徴を論述していくが、どの版が最も優れているかを結論づけるものではないことを予め断っておく。誤解を恐れずに言えば、『唐詩選』収録作品に若干の異同があるとしてもさほど大きな問題ではないのかもしれない。しかし『唐詩選』は確実に利益を生む定番商品であるため、それぞれの版には本屋の創意工夫が施されている。本書はそうした本屋の思惑や背景を明らかにして、当時の出版の実態をつかむことをねらいとする。

唐三百年間に作られた漢詩の素晴らしさは何百年と経ても色あせることなく、唐詩研究は今なお中国文学の花形である。しかし残念ながら、現在の我々は李白の自筆詩や白居易の新楽府の流行を直接的に見聞することはできないように、その第一級資料には限度がある。そこで我々は宋元以降の出版技術の進歩によって時間の荒波を乗り越えた数少ない文献資料を通して古典世界を追体験するしかない。筆者の恩師はこれを「時代のフィルター」と称した。もしこのフィルターが歪んでいれば対象物を正確に捉えることはできない。

明清期に出版された『唐詩選』も、現在の我々が抱く唐詩観を形成するフィルターの一つであったとすれば、これを正しく分析する必要があろう。故に本書を『唐詩選版本研究』と名付ける。

そもそも四部分類の集部（アンソロジー）には二つのベクトルが存在する。一つは総集や全集として、個人、あるいはその時代の全ての作品を網羅しようとする動きである。『全唐詩』などがそれに当たり、とりわけ勅撰集などは、編纂者が如何に幅広く作品を蒐集出来るかを誇示するための権威付けとしての要素が強い。もう一つが別集や選集として、個人、あるいはそのジャンルの代表的な作品を厳選する動きである。これは『詩経』『文選』をはじめとして、選者の意向によって収録詩が左右されるが、ここに収録されることによってその作品自体が権威を持つこともある。後者に当たる『唐詩選』に収録された三百六十五首は元より佳作名作が多いが、中には「この詩は『唐詩選』に収録されている」という解説文が添えられることでようやく評価される作品も少なからずある。同様に『唐詩選』より漏れたからといって、白居易詩や李賀詩の評価が低下するのかといえば、決してそうではない。その時代の趨勢や選者の嗜好によって収録される作品の評価は大きく変化するのである。これを明の鍾惺は「詩帰序」の中で後世の選者の奢りにほかならないと批判しているが、それでも『唐詩選』は初盛唐詩を理想とした李攀龍の唐詩観を色濃く示した唐詩選集である。

本書は中国で出版された『唐詩選』を上篇、日本で出版された『唐詩選』を下篇とする二部構成となっている。『唐詩選』が中国であまり馴染みがないのは後の『唐詩三百首』に取って替わられたこともあるが、古文辞派の批判と衰退により、四庫全書に存目のみの収録に止まったことも無視できない。ここにも明清期の詩風や詩学といったフィルターがあるのだが、概ね中国の『唐詩選』は注釈者によってその違いが顕著となる。一方、日本の場合、『唐詩選』の爆発的流行については言を俟たない。むしろその人気に加えて、本屋仲間による組織の円熟が大規模な利権争いにまで発展したことが特徴的である。本書は次に挙げるテクストを主として取り上げて論じる。

上篇　第一章　李攀龍 選『古今詩刪』
第二章　李攀龍 選　袁宏道 校『唐詩訓解』（余応孔（居仁堂）刊）
第三章　李攀龍 編選　鍾伯敬 評注『唐詩選』
第四章　李攀龍 原本　呉呉山 注『唐詩選』
下篇　第五章　李攀龍 選　袁宏道 校『唐詩訓解』（田原勘兵衛（文林軒）刊）
第六章　高井蘭山 著　葛飾北斎 画『唐詩選画本』
第七章　宇野東山 述『唐詩国字辨』
第八章　李攀龍 編選　服部南郭 辯『唐詩選国字解』
第九章　漆山又四郎 訳注『唐詩選』（岩波文庫）

各章はそれぞれ独立しているため、どの章から読み始めていただいても構わない。とりわけ日本においては、右以外にも無数の版本が存在し、本書をもって全てのテクストを論じ尽くすに至らないが、各版本の背景にあるそれぞれのドラマを知り、諸賢の冒頭の疑問を解消する一助となれば幸いである。

唐詩選序

唐無五言古詩而有其古詩陳子昂以其古詩為古詩弗取也七言古詩惟子美不失初唐氣格而縱橫有之太白縱橫往往強弩之末間雜長語英雄欺人耳至如五七言絶句實唐三百年一人蓋以不用意得之即太白亦不自知其至也而工者顧失焉五言律排律諸家概多

佳句七言律諸家所難王維李頎頗臻其妙即子美篇什雖衆憒焉自放矣作者自苦亦惟天實生才不盡後之君子乃茲集以盡唐詩而唐詩盡於此

岳陽書

唐詩選序

唐に五言古詩無く、而して其の古詩有り。陳子昂 其の古詩を以て古詩と為すことは取らざるなり。七言古詩は惟(た)だ子美のみ初唐の気格を失はずして縦横 これ有り。太白の縦横は、往往彊弩の末、間々(まま)掩長語を雑(まじ)ふ、英雄 人を欺くのみ。五七言絶句の如きに至りては、実に唐三百年の一人なり。蓋し不用意を以てこれを得たり。即ち太白も亦た自ら其の至る所を知らず。而して工なる者 顧(かえ)つて焉(これ)を失す。五言律・排律は諸家 概ね佳句多し。七言律体は、諸家の難しとする所なりて、王維・李頎 頗る其の妙に臻(いた)る。即ち子美の篇什 衆(おほ)しと雖も、憒焉として自ら放(ほしいまま)なり。作者自ら苦しむも亦た惟だ天実に才を生じて尽くさず。後の君子乃ち茲の集 以て唐詩を尽くさば、唐詩 此に尽く。

（李攀龍『滄溟集』巻十五「選唐詩序」）

上篇　中国の『唐詩選』版本

第一章　『唐詩選』成立に関する一考察

――汪時元の出版活動と李攀龍の遺稿――

第一節　はじめに――『唐詩選』先行研究の概略――

『唐詩選』は李攀龍の選か否か、について論じられて久しい。現在の高等学校が採択する主要な教科書にも、「明の李攀竜（一五一四～一五七〇）の編といわれる」（桐原書店）「明の李攀竜が編集したとされる唐詩の選集」（明治書院）など、曖昧な説明が施されている。また、近年出版された『唐詩選』訳注本に附された解説には、総じて『唐詩選』真偽論に言及しているものが少なくない。これは、『四庫全書』が『唐詩選』を収めず、『四庫提要』に「存目」としてその書名を挙げるのみに止まることに端を発する。そこには、

本名『詩刪』。此乃摘其所選唐詩。汝詢亦有『唐詩解』。此乃割取其註。皆坊賈所爲。疑蔣一葵之『直解』亦託名矣。

本（もと）と『詩刪』と名づく。此れ乃ち其の選する所の唐詩を摘（と）る。（唐）汝詢も亦た『唐詩解』有り。此れ乃ち其の註を割取す。皆坊賈の為（つく）る所なり。疑ふらくは蔣一葵の『（唐詩）直解』も亦た名を託す

なり。

と、『唐詩選』が第三者によって『古今詩刪』から摘録されたものと推定されている。この説は、『唐詩選』を愛読していた当時の日本人、すなわち江戸中期の漢学者に大きな衝撃を与えた。

> 近ゴロ、舶來（シント）ノ『四庫全書簡明目録』ノ例、スベテ僞書ヲ收メ載セズ。此ノ目録ニ、李于鱗ノ編録セル『古今詩刪』ヲ載セテ、『唐詩選』ヲ收メズ。余 初メ以爲ヘラク清朝ノ人、李王七子ヲ憎ムコト甚シキユヘニ、收メ納レズトノミ思ヒシニ、其ノ後マタ舶來セル『四庫全書提要』ノ「存目」ニ、『唐詩選』ヲ載セテ云フ、……コレニテ観レバ、當今彼邦ニテハ、『唐詩選』ヲバ、市井ノ賈人（アキンド）、利ヲ貪ル者、于鱗ガ名ヲ假リテ、僞作セルモノト片付ケテ、學者ハ曾テ取アツカハズ。只郷塾ノ村夫子バカリ、盛ンニ信ジテ、童蒙ニ教ユルコトト見ユ。我邦ノ老師宿儒ト雖モ、僞物ナルヲ知ラズ。奉ジテ詩作ノ規模トスルモノ、今ニ絶ヘズ。痛マシカラズヤ。
>
> （山本北山『孝経楼詩話』巻上「廿六、偽唐詩選」）

当時、中国では李攀龍の唱える古文辞派が批判の対象であったという情報は既に日本にも伝わっていた。そのため、北山は『四庫全書』が『唐詩選』を収めないことを単に時勢にそぐわなかったためと考えていたが、嘗て耽読していた唐詩集[1]が「偽物」と断じられたことに愕然としたに違いない。

ところが、日本ではそうした上からの権威によって『唐詩選』が読み廃れることはなかった、というよりむしろ爆発的な流行を生んだのは周知の通りである。我が国における『唐詩選』研究を概観すると、平野彦次郎は、『唐詩選』と『古今詩刪』を綿密に校勘した結果、『唐詩選』は『古今詩刪』よりも『唐詩品彙』に共通する点が多く、先行する『唐詩選』に増補されたものが『古今詩刪』であると唱え、『四庫提要』と対蹠的見解を示した。[(2)] これを図示すると次のようになる。

唐詩品彙——唐詩選——古今詩刪唐の部

その後、前野直彬氏は平野説を「一つの可能性の域を出ない」として、その成立には次のような見解を述べる。

攀龍は先づ唐詩の選本の原稿を作った。その後、『古今詩刪』を編むことを企てて、その唐詩の部には既製の原稿を利用したが、他の時代との釣合上、分量を増す必要が生じ増益を行った。そこで最初の原稿は不要となり、本人も捨てて顧みなかったが、彼の死後、誰かがそれを発見して、唐詩選と銘打って出版した。[(3)]

前野説では、万暦二十一年（一五九三）跋の蔣一葵箋釈『唐詩選』（以下、蔣一葵箋釈本と略称する）より旧い版を確認し得ないことから、ここでいう「誰か」とは蔣一葵であろうと疑っている。同じく花房英樹氏は、前野氏の岩波文庫『唐詩選』の書評[(4)]の中で、「平野説を積極的に否定することは、なかなかできにくい」と述べ、平野説は斯界において強い支持を得るまでに至らないが、一つの見識として認められている。

また、山岸共氏は、平野説に対して、『唐詩選』『古今詩刪』両書に見られる異同の差異は、原抄本を特定する決定的証拠に至らないとして、

唐詩品彙――原詩抄
　　　　　　　├―唐詩選の詩
　　　　　　　└―古今詩刪唐の部

と図示し、「すでに唐詩品彙から選んだ原詩抄があり、各々はそれに手を加えて成ったとしなければならない」とした。[5] 山岸氏の結論は、中国古典文学において先人の編著の引用や剽窃は常であり、それを取り立てて問題視することはなかったが、『四庫提要』のみ、その特権的規範意識により不正（偽）呼ばわりにしたに過ぎない、と『唐詩選』を擁護する。

その後、森瀬壽三氏は、李攀龍の没年（一五七〇）に着目して新たな主張を展開する。先の万暦二十一年跋蒋一葵箋釈本は、李攀龍没後二十年以上を経ており、もしこれをもって『唐詩選』の初版本とするならば、なるほど『唐詩選』は李攀龍の手によるものとは言い難い。しかし森瀬氏は周子美『天一閣蔵書経見録』巻下の「唐詩選七巻」の記事に「萬暦乙亥七月既望呉興凌氏校刻盟鷗館」とあるのを引き、「万暦乙亥」、すなわち万暦三年（一五七五）とあることから、李攀龍と親交のあった王世貞の生前には既に『唐詩選』は成立していたとする。[6]

以上、『唐詩選』真偽論争に関する従来の説を祖述した。諸説は、『唐詩選』成立過程に対して見解を異に

しているが、概ね『四庫提要』の述べる『唐詩選』偽書説には批判的であり、何とか李攀龍真作説を採ろうと奮闘している観がある。そこには『唐詩選』に対する日本人の潜在的な愛着が垣間見えよう。しかし、これらの説が確かな論拠を備え得ないのは、李攀龍自身に『唐詩選』編纂に関する記述が一切見えず、各本の収録詩の統計などに頼る他にその真偽を検証する手段が無いからである。

一方、中国においては、先に挙げた山本北山が「学者は取り扱わず」と述べたように、著名な蔵書家の書目にも『唐詩選』の名は挙がらず、これまでほとんど議論されることはなかった。しかし近年、孫琴安『唐詩選本提要』(7)が上梓されて以降、明清期における唐詩集の出版と受容が注目され始め、『唐詩選』を含む明刻唐詩集の文学的意義(8)が問われつつある。かかる情勢を踏まえ、本章は『古今詩刪』を刊行した汪時元という人物に着目し、新資料を提示して『唐詩選』と『古今詩刪』との関係について考察しようとするものである。

第二節 『古今詩刪』明詩の部について

李攀龍が編纂した『古今詩刪』は、その名の如く古今の詩を編纂したものである。「刪」とは、孔子が古詩三千余首の中から三百五篇を選び出した事を踏まえている。その部立ては、古逸詩、古楽府、漢魏六朝詩、隋詩、唐詩と歴代の詩を順次収めるが、宋金元詩を一首も採ることなく明（国朝）詩に至る。この極端な収録態度こそ「文は必ず秦漢、詩は必ず盛唐」とした古文辞派の詩観を具現したものとされてきた。更に、不自然にも巻十から始まる唐詩の部にだけ李攀龍による「選唐詩序」があり[9]、これが『唐詩選』の序文として用いられたことから、『唐詩選』偽書説に信憑性を持たせた。だが、ここで筆者は、むしろ明詩の部にこそ興味深い特徴が見られることを指摘したい。古今に亘る刪詩と謳う以上、「今」にあたる国朝詩を収録するのは当然であるが、そこに収める詩人は、李攀龍の詩風に極めて近い人物に限られ、とりわけ李攀龍と交遊のある同世代の詩作を多く蒐集する。古人の詩集からの名作の摘録と当世流行詩人の傑作の選出とでは、その蒐集の意味合いが大きく異なる。『古今詩刪』編纂は李攀龍の晩年とされるが、なお謝榛（~一五七五）、徐中行（~一五七八）、王世貞（~一五九〇）ら多数が当時存命であり、彼らが以後どれだけの傑作を生み出すかを想定すれば、極めて暫時的な編纂として妥協せざるを得ないだろう。また、李攀龍は偏屈な性格の故に[10]、隠逸時の交遊も狭く、必ずしも有意義な蒐集ができたとは言い難い。『古今詩刪』の中から李攀龍と交遊のあった詩人の作を挙げてみると、「答于鱗」「別于鱗」などの送別及び贈答詩、「白雪楼」「于鱗郡斎」などの書楼や屋敷で詠まれた詩が非常に多いことに気付く。『古今詩刪』収録詩のうち、李攀龍に関わる詩の統計は以下の通りである。

王世貞　42首（72首）	魏　裳　3首（8首）	徐中行　15首（63首）	王世懋　3首（6首）
呉国倫　12首（32首）	兪允文　2首（25首）	許邦才　10首（37首）	宗　臣　2首（21首）
謝　榛　7首（59首）	李先芳　2首（18首）	皇甫濂　5首（6首）	黎民表　1首（1首）
汪時元　3首（14首）			〔括弧は各詩人の収録詩総数〕

李攀龍の主催する結社内の同志が贈答し合った詩なども含むと、この割合は更に増加するに違いない。これらの詩の多くが李攀龍の手元に残されており、『古今詩刪』編纂時に大いに活用されたと思われる。このように旧知の詩人たちが頻出する詩集は、おのずからその読者も限定される。つまり『古今詩刪』は詩観を共有する読者、すなわち李攀龍の弟子たちに、彼らの手本となる教材として読ませる狙いがひとつにあったことが考えられる。その姿勢は『古今詩刪』中の唐宋詩評価にも色濃く反映されている。

第三節　汪時元について

この『古今詩刪』を刊刻したのは、『古今詩刪』に十四首を収める汪時元という人物である。王世貞「古今詩刪序」によれば、

李攀龍于鱗所爲『古今詩刪』成、凡數年而後歿。歿而新都汪時元謀梓之、走數千里以序屬世貞。
李攀龍于鱗　為（つく）る所の『古今詩刪』成り、凡そ数年にして後没す。没して新都の汪時元　謀りてこれを梓し、数千里に走りて序を以て世貞に属す。

とあり、李攀龍が没する前に完成した稿本を、汪時元が出版するべく、王世貞にこの序文を乞うたと言う。しからば、『唐詩選』と同じく李攀龍手ずからの出版ではないからといって、『古今詩刪』もまた汪時元によ

る仮託と呼べるだろうか。この疑問を解く前に、汪時元という人物について考察してみる。

> 『古今詩刪』ヲ于鱗ノ手ニ出ヅル書ニアラズト、後人疑フ者アリ。……且ツ汪時元ナル者、詩名モ高カラズ、俄カニ七子輩ト肩ヲ比ラベ、于鱗ノ歿後ニ元美ニ序文ヲ乞ヒ刊行ヲ命ズルマデ皆時元ノ爲セルコトナレバ、コノ疑ヒモ生ゼシナリ。……又、『藝苑卮言』ニモ此ノ事ヲ載セテ云フ、于鱗才、可謂前無古人。至於裁鑒、亦不能無意。向余爲其「古今詩刪序」云、令于鱗［以意］[11]而輕退古之作者、間有之、于鱗舍格而輕進古之作者、則無是也（于鱗の才、前に古人無しと謂ふべし。裁鑑するに至りては、亦た意無きこと能はず。向（さき）に余 其の「古今詩刪序」を爲（つく）りて云ふ、于鱗をして意を以て軽〻しく古の作者を退くは、間〻（まま）これ有らしむとも、于鱗 格を舍（す）て、軽〻しく古の作者を進むは、則ち是れ無きなり）ト。コレ于鱗ノ爲ニ紛ヲ解クノ詞ナリ。コレニテ其ノ僞書ニアラザルコトハ明白ナリ。
>
> （市河寛斎『談唐詩選』「廿八、古今詩刪非偽書之証」）

ここからも判るように、当時から『古今詩刪』も汪時元の偽作ではないかとの疑いがあったようだが、王世貞『藝苑卮言』巻七に自身の「古今詩刪序」に対する言及があり、寛斎も『古今詩刪』偽書説に否定的である。ここで「詩名高からず」と評された汪時元は、字は惟一、休寧の人。『江南通志』によれば、嘉靖二十五年（一五四六）の郷試に及第している。彼の出版物に目を向けると、『古今詩刪』の他に、李攀龍撰『白雪楼詩集』十二巻（隆慶四年刊、『続修四庫全書』所収）、徐中行撰『青蘿館詩』六巻（隆慶五年刊、『四庫全書存目叢書』所収）がある。『白雪楼詩集』巻首には、王世貞が詩を寄せて、

新安汪惟一、徐使君子與門人也。以嘗侍李攀龍先生、刻『白雪樓集』。

新安の汪惟一は徐使君子与（中行）の門人なり。嘗て李攀龍先生に侍るを以て、『白雪楼集』を刻す。

とあり、汪時元が李攀龍・徐中行を師と仰いでいたことが判る。また、彼は徐中行の女婿でもあり[12]、その出版活動は、営利を求めるものではなく、師の業績を後世に残すことが主たる目的であった。そこで『古今詩刪』を見ると、汪時元詩は各詩型の末尾、すなわち巻二十四、二十七、三十、三十二、三十四の各巻末に近いところに収められている。この配列の意図するところは、もし『古今詩刪』に汪時元の手が加えられたならば謙虚な姿勢とも受け止められるが、反対に李攀龍によるものであれば刊刻した功労者への酬いと考えられる。「詩名高からず」と評された汪時元詩は『古今詩刪』において十四首採られるものの、朱彝尊『明詩綜』に一首、沈徳潜『明詩別裁集』に一首、彭孫貽『茗斎集』明詩抄に四首[13]のみと、他の明詩集との評価の落差は歴然としており、平野彦次郎も、『古今詩刪』の校訂者たる徐中行とその出版に奔走した汪時元が詩数を増していることを指摘する[14]。また『古今詩刪』の中で、汪時元詩のみ「滄溟先生起家観察浙江」（巻三十）、「奉送観察李徐二師方舟北上二首」（巻三十四）と、李攀龍と徐中行に敬称が付けられている。その師弟関係を「滄溟先生起家観察浙江」詩に見てみよう。

泰岳清風梁甫吟　泰岳の清風　梁甫吟

函關眞氣復南臨　函関の真気　復た南に臨む

千秋禹穴探書興　千秋　禹穴　書を探す興

一日龍門御李心　　一日　龍門　李に御する心
湖海向甘雲臥穏　　湖海　向（さき）に雲臥の穏やかなるに甘んずるも
乾坤難負主恩深　　乾坤　主恩の深きに負き難し
若教司馬文園老　　若し司馬文園をして老いしめば
誰爲誇胡賦上林　　誰か為に胡に誇りて上林を賦せん

首句で諸葛亮の詠った「梁甫吟」の語を用いるのは、嘉靖三十七年（一五五八）、李攀龍が泰岳（済南）に帰郷し、白雪楼を構えて世俗との付き合いを避けていたことを指している。この詩は、その十年後の隆慶元年（一五六七）、李攀龍が五十四歳の時に浙江按察司に着任（起家）したことを、汪時元が賀した作である。四句目の「御李」は、後漢の荀爽が喜んで李膺の御者となった故事[15]を指し、同じ李姓の李攀龍に師事できる欣幸を表している。続いて末四句では、済南で隠逸生活をしていた李攀龍を、天子に召されて「上林賦」を奏上した司馬相如に喩える。こうした典故の使い方が李攀龍の好みに合っていたのであろう。恐らく彼らの師弟関係はこの時結ばれたのではないだろうか。李攀龍『白雪楼詩集』には、元来魏裳が嘉靖四十二年（一五六三）に刊行した十巻本（『四庫全書存目叢書』所収）があり、汪時元刻本は、その後李攀龍の没年までに詠まれた三百九十二首を加え、十二巻本に増訂したものである。次の李攀龍「寄汪惟一」詩（汪時元刻本『白雪楼詩集』巻十一）をはじめとして、汪時元に贈られた詩は汪時元刻本、すなわち李攀龍の浙江按察司時代以降にしか見えない。

白髪朝看鏡裏新　　白髪　朝に看る　鏡裏に新たなるを
江南江北總風塵[16]　　江南江北　総て風塵
陽春一曲元難和　　陽春の一曲　元より和し難し
同調于今有幾人　　今に同調するもの　幾人か有らん

白髪の増えてきた李攀龍は、知人がみな隠者となり、周囲に高尚な陽春曲を解する人が僅かとなったことを嘆いている。当時、古文辞派から多くの盟友が脱落していく中で[17]、李攀龍は門弟の汪時元を数少ない同調者と認めていた。

以上のように、汪時元は当時李攀龍の遺稿を管理できる親しい位置におり、汪時元が李攀龍の遺稿を基に『古今詩刪』を出版したという王世貞の序文は、極めて信憑性が高い。

第四節　『竹里館詩説』に見える汪時元の唐詩観

汪時元についての伝記が乏しい理由の一つに、彼が官を捨てて隠遁したことが挙げられよう。李攀龍は「題徐子与門生汪惟一竹丘図」詩（汪時元刻本『白雪楼詩集』巻九）を汪時元に寄せている。

靈丘隱者一逃名　　霊丘の隠者　一たび名を逃れ

萬竹臨江見底清　万竹 江に臨み 底の清らかなるを見る
徙倚七賢相寄傲　徙倚たる七賢 相ひ傲を寄せ
便娟二女重含情　便娟たる二女 重ねて情を含む
葛陂詎信雙龍影　葛陂 詎ぞ信ぜん 双龍の影
嶰谷空傳五鳳聲　嶰谷 空しく伝ふ 五鳳の声
風雨長教秋色駐　風雨 長く秋色をして駐（とど）めしめ
氷霜兼與歳寒盟　氷霜 兼ねて歳寒と盟す
投竿渭水才堪老　竿を渭水に投じて 才 老ゆるに堪へ
受簡梁園賦已行　簡を梁園に受くるも 賦 已に行はる
願得此君開蔣徑　願はくは此君を得て蔣径を開き
不妨佳客醉宜城　佳客 宜城に酔ふを妨げざるを
浮雲西北來何暮　浮雲 西北より来たること何ぞ暮（おそ）き
今日東南美自并　今日 東南の美 自ら并（なら）ぶ
截作武陵溪上笛　截（き）りて武陵渓上笛を作り
方知馬援有門生　方に馬援に門生有るを知る

汪時元の隠棲の地は修竹が生い茂り、竹林の七賢や娥皇・女英の遊ぶような場所であり、そこに招かれた我々（李攀龍・徐中行・王世貞・兪允文）も不遇を託（かこ）ち、弟子のあなたとここでのんびり酒を飲んでいたいと願う。梁孝王より竹簡を授かり雪の賦を作るよう命じられたのは司馬相如であるが、第十句目の「梁園賦」とは「子虚賦」ではなく、「脩竹檀欒夾池水、旋菟園（修竹檀欒　池水を夾み、菟園を旋る）」と竹の描写から始まる枚乗「梁王菟園賦」を指す。李攀龍と共にここに招かれた徐中行の「題門生汪惟一筠丘巻」（『青蘿館詩』巻四）の末二句にも「贈爾慚無枚叟賦、兎園雲色未應愁（爾に贈るも慚づらくは枚叟の賦無く、兎園の雲色　未だ愁ひに応ぜざるを）」とある。また第十一、十二句目にて、漢の蒋詡のように圧政から逃れて竹山に隠れ住み、宜城酒（竹葉酒）を酔うまで飲みたいと願う。他にも嶰谷にて伶倫が五鳳の声（音律）を定めた伝説（第六句）、王徽之が竹を指して「此君」と呼んだ故事（第十一句）、『爾雅』釈地篇「東南之美者、有會稽之竹箭焉（東南の美なる者は、会稽の竹箭有り）」（第十四句）など竹に関する詩句が多く盛り込まれている。そして末二句では、馬援「武渓深行」（『楽府詩集』巻七十四）のように、汪時元を馬援の門生で笛に巧みな爰寄生に準える。汪時元は、自分が李攀龍の弟子と認められたこの聯に恐悦した。この詩に和韻する王世貞「新安汪惟一、徐子與門生也。李于鱗作長律、題其竹丘巻云、截作武陵渓上笛、方知馬援有門生。惟一出以示余、則于鱗仙逝矣。感歎之餘、輒歩以贈（新安の汪惟一、徐子与の門生なり。李于鱗　長律を作り、其の竹丘巻に題して云ふ、截りて武陵渓上笛を作り、方に馬援に門生有るを知ると。惟一　出だして以て余に示し、則ち于鱗仙逝す。感歎の余り、輒ち歩みて以て贈る）」（『弇州四部稿』巻四十四）がある。この長い詩題から判るように、汪時元は、李攀龍没後もこの詩を大切に保管し、王世貞らに誇らしげに見せており[18]、李攀龍に対する畏敬の念は非常に強いものがあった。

　さて、汪時元の著述に『竹里館詩説』五巻[19]という詩文評がある。竹里館とは先ず王維の輞川荘を想起させるように、この竹山に建てた建物のことである。惟一の「惟」と「維」が通じることから、王維を意識した書名であることは想像に難くない。『北京図書館古籍善本書目』の書誌情報には「明 萬暦二十五年（一五九七）張惟喬 刻本」と記され、巻頭に范淶「刻汪維一詩説序」があり、その後に「黄尚瀾 刊」とある。[20]この張惟喬・范淶・黄尚瀾の三名は汪時元と同郷人として深い繋がりを持つ。この『竹里館詩説』が巷間に流布せず、今や天下の孤本となっているのは、その校正に杜撰な箇所が多いことも一因である。この刊刻に嘗て李攀龍や徐中行の詩集を上梓した汪時元が直接関与しているとは考えにくい。例えば、巻首にあるべき万暦二十四年正月の汪時元自序が巻一の中に混入するのは、稿本から翻刻する際の初歩的な誤りである。しかし李攀龍に詩論に関する言及が少ない分、弟子の汪時元の唐詩観を穿鑿するには却って有用な書である。

　汪時元曰、今人一聞子瞻之名、便謂此是仙才、人莫能及。而楊升菴所謂應聲蟲、是也。

　汪時元曰く、今人一たび子瞻（蘇軾）の名を聞くや、便ち此是れ仙才なりて、人能く及ぶこと莫しと謂ふ。而して楊升菴（慎）の所謂応声虫なるは、是れなりと。（『竹里館詩説』巻三）

「応声虫」とは自分の定見を持たず、他者に付和雷同する人を批判した言葉である。世間で蘇軾が賞賛されて宋詩が尊ばれるのは、袁宏道らの提唱する性霊説が風靡した万暦中期の趨勢であり、嘗ては李攀龍の盟友であった王世貞も古文辞派の限界を悟り、次第に離れていった。[21]しかし汪時元は、頑なに信念を貫き、中でも楊慎（一四八八〜一五五九）を高く評価し、『竹里館詩説』の中では彼の評論を多く引用している。

　唐詩至許渾淺陋極矣。而俗傳至今不廢。高棅編『唐詩品彙』取至百餘首。甚矣、棅之無目也。

唐詩は許渾に至りて浅陋極まれり。而るに俗に伝へ今に至るまで廃れず。高棅の『唐詩品彙』を編するや、取りて百余首に至る。甚しいかな、棅 之れ目（まなこ）無きなり。

（『竹里館詩説』巻四）

これは出典を明示していないが、実は楊慎『升菴集』巻五十八に収める晩唐・許渾への詩評そのままである。楊慎は、『唐詩品彙』が許渾詩を多数採り、外見だけは立派ながら実質が伴わないことを「目無し」と批判する。『古今詩刪』にも許渾詩は僅かに「将赴京師蒜山津送客還荊渚」「秋思」の二首しか採られておらず[22]、李攀龍も許渾詩を「浅陋」と見なしていたようである。更に汪時元は、『竹里館詩説』巻三にも「劣唐詩」（『升菴集』巻五十七）を挙げ、その双行注に、

時元曰、宋人選此等詩、謂之唐詩一體。宋人固不足齒、而高棅收入爲『唐詩品彙』、實不識詩盲人也。余毎恠『品彙』、中唐至晚、十刪去七八。方可庶幾乎。

時元曰く、宋人 此等の詩を選するに、これを唐詩の一体と謂ふ。宋人 固より歯ふるに足らず、而るに高棅 収め入れて『唐詩品彙』を為（つく）るは、実に詩を識らざる盲人なり。余 毎（つね）に『品彙』を恠（あや）しみ、中唐より晩に至るに、十の七八を刪去す。方に庶幾（ちか）かるべけんやと。

とある。宋人を歯牙にもかけず、中晩唐詩の七、八割は刪るという汪時元の態度は、正しく『古今詩刪』の方針と一致する。この汪時元の高棅批判は、『唐詩品彙』を簡略化した『唐詩正声』にも及ぶ。

高棅原不知詩。而復撰出『唐詩正聲』、首以五言古詩。而其所取者、如陳子昂「故人江北去、楊柳春風生」、李太白「去國登茲樓、懷歸傷莫秋」、劉眘虚「滄溟千萬里、日夜一孤舟」、崔曙「空色不映水、秋聲多在山」、皆律詩也。而謂之古詩、可乎。近見蘇刻本某公之序、廼謂『正聲』、其格渾、其選嚴。噫、倶瞢人也。

高棅原(もと)と詩を知らず。而るに復た『唐詩正声』を撰出し、首(はじ)むるに五言古詩を以てす。而るに其の取る所は、陳子昂「故人江北に去り、楊柳春風を生ず」(「送客」)、李太白「国を去りて茲(こ)の楼に登り、帰るを懐ひて莫秋を傷む」(「登新平楼」)、劉眘虚「滄溟千万里、日夜一孤舟」(「海上詩送薛文学帰海東」)、崔曙「空色水に映ぜず、秋声多く山に在り」(「潁陽東谿懐古」)の如きは皆律詩なり。而るにこれを古詩と謂ふは、可なるか。近ごろ蘇刻本某公の序を見るに、廼ち『正声』、其の格渾にして、其の選厳なりと謂ふ。噫、倶に瞢人なり。

(『竹里館詩説』巻三)

これも楊慎の「高棅選唐詩正声」(『升菴集』巻六十)を基にした文章である。「蘇刻本某公の序」とは、嘉靖三年(一五二四)の胡纘宗の序文を指す。傍線部の原典はそれぞれ「高棅選『唐詩正聲』」「是其孱埍乎」となっているが、汪時元により意図的に手が加えられている。Aの高棅批判はより直接的であり、Bの「瞢(くらい)」は「孱(よわい)」よりも強い批判の意が込められた表現であり、先の「目無し」や「詩を識らざる盲人」と一貫した批判的態度である。以上のことから、汪時元は『古今詩刪』を出版する際、『唐詩品彙』を利用していないことは明らかである。されば、「唐詩品彙→唐詩選→古今詩刪」とする平野説は成立し難い。『古今詩刪』は独自に編纂がなされ、李攀龍の遺稿がそのまま用いられたと考えるのが妥当である。

> 汪時元曰、唐呉融詩、「十二闌干壓錦城、半空人語落灘聲。風流近接平津閣、氣色高含細柳營。盡日捲簾江草綠、有時攲枕雪峯晴。不知奉詔朝天後、誰此登臨看月明」。此晩唐詩氣格逼盛唐、而于鱗先生『詩刪』中不收、亦失之。
>
> 汪時元曰く、唐の呉融詩に、「十二の闌干　錦城を圧し、半空の人語　灘声に落つ。風流　近く平津閣に接し、気色　高く細柳の営を含む。尽日　簾を捲けば江草緑にして、時有りて枕を攲(そばだ)てば雪峰晴れたり。知らず　詔を奉じて朝天の後、誰か此れ登臨して月明を看ん」と。此れ晩唐詩の気格　盛唐に逼るも、于鱗先生『詩刪』の中に収めず、亦たこれを失すと。
>
> （『竹里館詩説』巻二）

ここに言及する呉融も晩唐詩人であるが、汪時元は「太保中書軍前新楼」詩に関してだけは盛唐の詩風に近いと評する。この詩は、大順元年（八九〇）春、太保中書の韋昭度が成都討伐の際、呉融も掌書記として従軍し、前線にある高楼に共に登った時の作である。韋昭度を漢の宰相である公孫弘や周亜夫に喩え、あなたが討伐を終えて都に戻れば、誰が楼に登ってあなたを思慕するだろうかと詠う。汪時元は、この詩が盛唐の格調を有しているにもかかわらず、李攀龍が『古今詩刪』に収録しないことを訝(いぶか)る。もし『唐詩選』や『古今詩刪』に汪時元の手が加われば、汪時元は必ずこの呉融詩を入れるはずだが、筆者は未だこの詩を収録したものを確認しない。これは、『古今詩刪』に稿本が存在し、それを汪時元が忠実に刊刻した証左となる。

第五節　李攀龍の遺稿の行方

『古今詩刪』と『唐詩選』には、僅かではあるが収録詩数の相違や文字の異同が見られる。収録詩についても、『古今詩刪』のみに収める詩と『唐詩選』のみに収める詩がそれぞれに存在する。このことから、単純に一方が他方を摘録、或いは増補したとは言い難い。この異同が生じた原因を『李于鱗唐詩広選』の凌濛初序に求めることができる。

粵自歴下『刪』成、元美攜其本歸呉中。舘客某者、潛録之、頗有輓落。他日客復舘先君子所、出其本相示。家仲叔欣然授諸梓、而選始傳。後元美觀察吾郡、見而語先君子曰、「此尚有漏、其完者、子與行且校之。」先君子更從子與所、請得其原抄本、則子與時自有丹鉛評隲之草犁、然秘之書簏。已而『古今詩刪』出。『刪』止載子與名、不存其筆。此『選』與『刪』、各行之始末也。

粵に歴下（李攀龍）の『（古今詩）刪』成りてより、元美（王世貞）其の本を携へて呉中に帰る。舘客の某者、潜かにこれを録するも、頗る輓落有り。他日、客 復た先君子の所に舘り、其の本を出だして相ひ示す。家仲叔 欣然として諸を梓に授け、而して『（唐詩）選』始めて伝はる。後に元美 吾が郡に観察たりて、見て先君子に語りて曰く、「此れ尚ほ漏有り、其の完なる者は、子与（徐中行）行且にこれを校せんとす」と。先君子 更に子与の所より、其の原抄本を得んことを請へば、則ち子与 時に自ら丹鉛評隲の草犁有るも、然れどもこれを書簏に秘す。已にして『古今詩刪』出づ。『刪』は止だ子与の名を載するも、其の筆を存せず。此れ『選』と『刪』と、各行の始末なり。

ここには李攀龍『唐詩選』成立までの経緯を記すが、そもそも序文は強い宣伝効果を持つため、時には誇張表現も多く、そのまま鵜呑みにすべきではないかもしれない。[23] しかし、汪時元の義父である徐中行が李攀龍の遺稿を所持していたこと、序文を依頼された王世貞が『古今詩刪』を携えて呉中に帰ったこと、『古今詩刪』には「済南　李攀龍　選／呉興　徐中行　訂」とありながら徐中行が手を加えた形跡が見えないことなど、この序文は事実と符合する点が極めて多い。この序の言うように、『古今詩刪』と『唐詩選』が李攀龍の稿本を基に別々に出版されたと考えれば、数首の誤差や文字の異同が生じることに合点が行く。完全なる稿本は汪時元が所持しており、『古今詩刪』がその形を忠実に留めていることは先に述べた通りである。平野彦次郎が『古今詩刪』より『唐詩選』のほうが『唐詩品彙』と詩語に相同点が多いとするのは、汪時元自身が『唐詩品彙』を否定していたこともさることながら、『唐詩選』を出版した「館客の某」は李攀龍の完全なる稿本を所有しておらず、やむを得ず『唐詩品彙』によって校訂したと考えるべきである。さすれば両書とも李攀龍の遺稿を用いつつも、『古今詩刪』を李攀龍の選としながら、一方で『唐詩選』を偽書と見なす道理はない。本章では、『唐詩選』を出版したのは誰かを特定するに至らないが、汪時元の詩観や事績を明らかにすることで、李攀龍の遺稿の存在が浮上した。

ところで、『古今詩刪』には、明詩の部だけを削った『詩刪』二十三巻[24]という類似書がある。これには鍾惺と譚元春の評が付いているが、『古唐詩帰』[25]から該当する評を仮借したものであり、尚且、彼らは竟陵派として李攀龍の反対の立場にいた。これこそ『四庫提要』の述べる「『古今詩刪』から割取した」偽書にあたる。しかしこの『詩刪』はほとんど注目されることなく、『唐詩選』のみが偽書として熱心に論じられるのは、『四庫提要』に「至今盛行郷塾間（今に至るも郷塾の間に盛行す）」とあるように、当時民間における『唐詩選』流行が看過できない事象であったからである。

(1) 天明元年（一七八一）刊の戸崎允明箋註『箋註唐詩選』を校訂したのは山本信有（北山）である。
(2) 平野彦次郎「李于鱗唐詩選は果して偽書なりや」（『支那学研究』第二編　一九三二年。のち『唐詩選研究』明徳出版社　一九七四年に収録）。
(3) 前野直彬「唐詩選の底本について」（『書誌学』復刊新四号　一九六六年）。
(4) 花房英樹「書評：前野直彬注解「唐詩選」」（『中国文学報』第十八冊　一九六三年）。
(5) 山岸共「唐詩選の実態と偽書説批判」（『日本中国学会報』第三十一輯　一九七九年）。
(6) 森瀬壽三「李攀龍『唐詩選』藍本考―偽書の可能性はどれほどあるか―」（『関西大学文学論集』第四十三巻第二号　一九九三年。のち『唐詩新攷』関西大学出版部　一九九八年に収録）。周子美『天一閣蔵書経見録』の「唐詩選」の条は以下の通り、「明李攀龍選、萬暦刊、行楷小字似趙體、極精。前有正(ママ)世懋序、次王穉登序、次李攀龍序、目録末有牌子三行、萬暦乙亥秋七月既望呉興淩氏校刻盟鷗館。第一頁書口下方署呉門高洪寫張璈刊小字一行、餘亦有刊工名、巻中各體倶備而所選甚少、惟李杜各有二十餘首、餘均數首、且有一二首者。王序、〝唐詩選至于鱗、巻僅七而終又加精焉。〟白綿紙印、二冊」。
(7) 上海書店出版社　二〇〇五年。この書は、同氏『唐詩選本六百種提要』（陝西人民教育出版社　一九八七年）

の改訂版。

(8) 例えば、孫春青『明代唐詩学』（上海古籍出版社　二〇〇六年）第三章第二節に「三、李攀龍『唐詩選』的意義」、金生奎『明代唐詩選本研究』（合肥工業大学出版社　二〇〇七年）第二章第二節に「李攀龍唐詩選本編刊考訂」と章を立てて論じるが、概ね『四庫提要』の『唐詩選』偽書説に従う。

(9) 和刻本『古今詩刪』はこの「選唐詩序」を削る。ちなみに和刻本の版元は『唐詩訓解』を翻刻した京都の文林軒田原勘兵衛である。『古今詩刪』の刊記には「寛保癸亥（三年、一七四三）三月穀旦　京富小路五條上町書肆　田原勘兵衛　刊」とある。

(10) 『明史』巻二百八十七「李攀龍伝」に「攀龍既歸、搆白雪樓、名日益高。賓客造門、率謝不見、大吏至、亦然。以是得簡傲聲（（李）攀龍　既に帰り、白雪楼を搆へ、名　日に益ゝ(ますます)高し。賓客　門を造り、率(おほむ)ね謝して見(まみ)へず、大吏　至るも、亦た然り。是を以て簡傲の声を得）」とある。

(11) 「　」部は「古今詩刪序」に拠って校訂した。

(12) 『四庫提要』「青蘿館詩六巻」の条には、「是集乃隆慶中、其壻汪時元所刻（是の集　乃ち隆慶中、其の壻　汪時元の刻する所なり）」とある。

(13) 四部叢刊続編本には「鄂渚送別尊師天目先生之雲南参議」詩が欠落する。

(14) 前掲注(2)平野論文参照。

(15) 『後漢書』巻六十七「党錮列伝」。原文は「荀爽嘗就謁膺、因爲其御、既還、喜曰、今日乃得御李君矣（荀爽　嘗て就ち（李）膺に謁し、因りて其の御と為り、既に還り、喜びて曰く、今日乃ち李君に御するを得たりと）」とある。

(16) 蔣一葵『堯山堂外紀』巻九十九「李攀龍」に「其詩多風塵字様、人謂之李風塵（其の詩「風塵」の字様多し、人 これを「李風塵」と謂ふ）」とあるように、李攀龍は「風塵」の語を好んで用いていた。

(17) 李攀龍は極めて偏屈な性格の持ち主であり、謝榛に対して冗談ともつかない「戯為絶謝茂秦書」（『滄溟先生集』巻二十五）を送っている。王世貞も「宗子相」（『弇州山人四部稿』巻一百十九）で、謝榛が李攀龍の詩社から脱化したことを明らかにしている。

(18) 同様に、呉国倫「竹里館詩」（『甔甀洞稿』巻二十九）の序にも、「汪生所居竹里舘。予友李于鱗・徐子與・王元美・兪仲蔚竝有題詠。而元美末句、不勝山陽之悲、以其時于鱗初逝也。今生攜以示余、則子與・仲蔚又相繼逝矣。撫巻含悽、幾不忍讀。屬生索予嗣響、因用元美體應之。生名時元、字惟一。新安人（汪生の居る所の竹里館。予の友 李于鱗・徐子与・王元美・兪仲蔚並びに題詠有り。而して元美の末句、山陽の悲に勝へず、以て其の時 于鱗初めて逝けり。今 生 携へて以て余に示し、則ち子与・仲蔚又相ひ継いで逝けり。巻を撫して悽を含み、幾ばくか読むに忍びざらん。生に属して予に嗣響を索め、因りて元美の体を用ひてこれに応ず。生の名 時元、字は惟一。新安の人なり）」とある。

(19) 北京国家図書館所蔵。筆者の知りうる限り、該書は孤本である。

(20) 李国慶編『明代刊工姓名索引』（上海古籍出版社　一九九八年）附録「徽州歙邑仇村黄氏世系表」によると、黄尚瀾（一五五三～一六二六）は徽州の刻書家黄氏一族の第二十六世にあたる。また、『青蘿館詩』にも「歙邑　黄鑪　刻」とあり、黄鑪（一五二四～？）は第二十五世にあたる。

(21) 松下忠「王世貞の古文辞説よりの脱化について」（『中国文学報』第五冊　一九五六年。のち『江戸時代の詩風詩論―明・清の詩論とその摂取―』明治書院　一九六九年、『明・清の三詩説』明治書院　一九七八年に収録）では、隆慶・万暦年間における王世貞の蘇軾評価を通して、古文辞派から性霊説への変心の過程を説く。

(22) 通行本『唐詩選』では「秋思」の一首のみである。

(23) 『李于鱗唐詩広選』は万暦三年（一五七五）刊とされているが、凌濛初の生卒年（一五八〇〜一六四四）と一致しないため、偽書との疑いを持つ。この『李于鱗唐詩広選』には凌濛初序本と凌弘憲序本の二系統があり、王重民『中国善本書提要』（上海古籍出版社　一九八三年）では凌濛初序本を初印本とするが、前掲森瀬論文では凌弘憲序本を先とする。

(24) 単純に明詩の部十巻分だけを削れば計二十二巻になるが、『詩刪』では晋詩の部を二巻（『古今詩刪』では一巻）に分ける。

(25) 『古唐詩帰』も、顧炎武『日知録』巻十八「改書」や朱彝尊『静志居詩話』巻十八「譚元春」などによって偽書であると断定される。

第二章　明末福建における『唐詩選』類本の営利出版

第一節　はじめに

福建建陽は古来より竹を産出し、製紙業が盛んであったことから、江南（杭州）、蜀とともに、宋代以降出版業が隆盛した地域である。しかし建陽出版の所謂建本は、その品質が最も劣悪であり、営利目的のための出版であったといわれている。[1] 確かに、福建刻本には娯楽性に富む通俗小説や実用的な医学書が多いことから、福建書肆が営利を重視していたと推測できる。就中、余象斗刻『音釈補遺按鑑演義全像批評三国志伝』は、三国志の英雄たちが所狭しと活躍する挿絵や書衣に記された宣伝文等の付加価値を伴って出版され、人気を博したという。[2] しかし、実際の売上の部数や価格[3]は明らかではなく、絵入りの『三国演義』が如何ほど売れていたかは憶測や風評[4]に拠るところが大きい。

ところで、万暦期に編纂された『建陽県志』[5]（万暦二十九年刻本）巻七「芸文志」には、書坊書板（坊刻本）として、

李于鱗唐詩選

とある。近世日本において、李攀龍の選とされる『唐詩選』が初学のテキストとして大流行したことは言を俟たない。同様に福建においても『唐詩選』は書肆の懐を潤す売れ筋商品であったと考えられる。しからばそこに営利目的の一側面が見出せるものと筆者は考える。余象斗をはじめとする余氏一族は、宋元より福建を代表する出版業の老舗であり、清乾隆帝の御覧なる『集千家注分類杜工部詩』の巻末に「皇慶壬子（一三一二）余氏刊於勤有堂」の文字が記してあったとの逸話[6]からも判る通り、余氏（勤有堂）は、唐詩集出版にも手を拡げていた。即ち、余氏刊刻の唐詩集は『中国古籍善本書目』に以下の五点が確認できる。

新刻唐駱先生文集注釋評林六巻　明萬暦建寧書林余仙源刻本
鼎鐫施會元評注選輯唐駱賓王孤白三巻　明萬暦余文杰自新齋刻本
分類補注李太白詩三十巻　元至大三年余志安勤有堂刻本
集千家注分類杜工部詩二十五巻　元皇慶元年余志安勤有堂刻本
新刻李袁二先生精選唐詩訓解七巻　明萬暦四十六年居仁堂余獻可刻本

これらの事実から、余氏一族は唐詩集出版にも利潤が得られると考えていたと推測される。そこで本章では、李于鱗『唐詩選』の類本である『新刻李袁二先生精選唐詩訓解』（以下『唐詩訓解』と略称する）が、書林の営利目的のために巧妙に細工されていることを明らかにし、以て福建書林の特質とその影響を論じようとするものである。

第二節　余応孔による偽書『唐詩訓解』

『唐詩訓解』は、京都文林軒の田原仁左衛門・勘兵衛両名による和刻本があり、日本ではかなりの売上を記録したと思われ、現在も古書店の目録に屢々登場する。一方その原刻本、即ち中国で出版された『唐詩訓解』の伝存となると、筆者の管見の限りでは、わずかに浙江大学図書館と遼寧省図書館に所蔵が確認できるのみである。その行款は毎半葉九行二十字、白口、四周単辺。原刻本『唐詩訓解』の版框（高20.4cm×寛16.0cm）は、和刻本（高20.7cm×寛13.1cm）と比べれば一瞥して縦長であることが判る。原刻本には界線（罫）が入り、和刻本では無界として訓点が付されている以外、和刻本は版型を原刻本に模した覆刻本である。原刻本巻末の木記は、蓮の台座が施された牌に「萬暦戊午孟夏月／居仁堂余獻可梓」とあり、余氏一族の一人である余献可という人物による福建刻本であることが判る[7]。また、巻頭書名の下に「濟南 滄溟 李攀龍 選／公安 石公 袁宏道 校／書林 獻可 余應孔 梓」と編作者名を郷貫、号、姓名の順で刻することから、書林余献可なる人物は、名が応孔、号（若しくは字）が献可、屋号が居仁堂であることが明らかである。余氏一族について、福建省図書館蔵『書林余氏宗譜表』（光緒二十二年新安堂刊本）があり、肖東発の報告[8]を基に余氏の系譜を左に図示する。

ここに余応孔の名は見えないが、第三十五世の排行名に「応」字が用いられていること、『三国演義』等

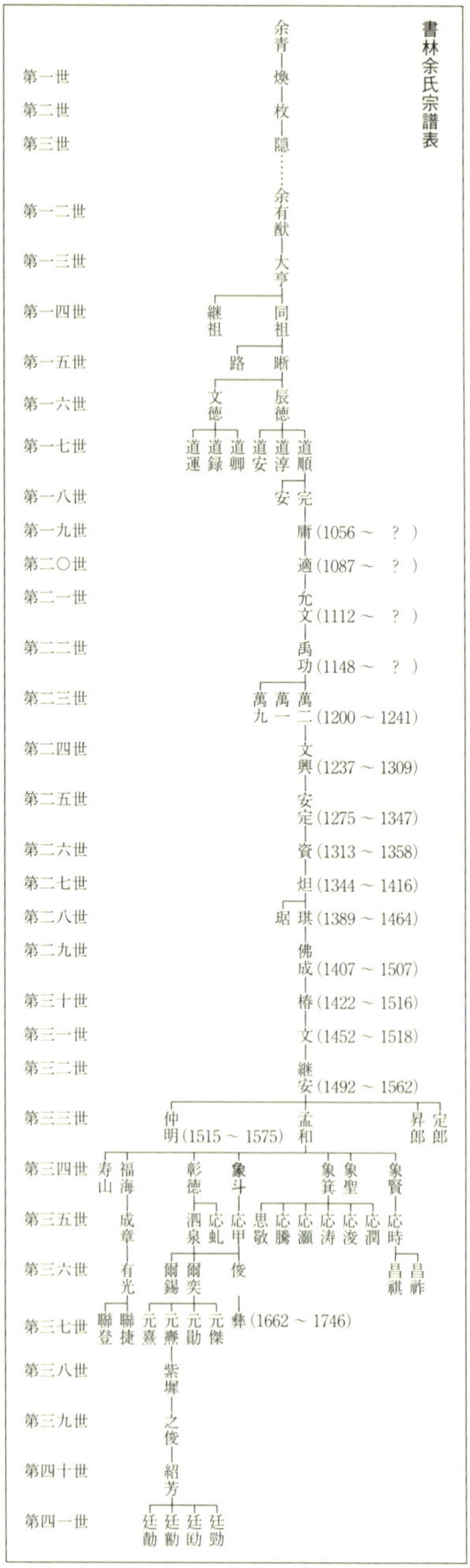

の出版で有名な余象斗の出版活動期間を万暦十六年（一五八八）刊の『新刊万天官四世孫家伝平学洞微宝鏡』から崇禎十年（一六三七）刊の『五刻理気纂要詳弁三台便覧通書正宗』までの五十余年間と見なしても、『唐詩訓解』が万暦戊午孟夏月、即ち万暦四十六年（一六一八）四月の刊行であることから、余応孔は余象斗の子の世代に当たると考えられよう。他にも国立公文書館蔵『四書千百年眼』の輯稿者に余応騰・余応泰・余応甲の名が見られるように(9)、第三十五世代は余象斗に劣らず出版活動に熱心であった。ちなみに杜信孚『明代版刻綜録』によると、『唐詩訓解』は余応虬刻本となっている。余応虬の字は陟瞻であり、「虬」と「孔」の字形が似ているための誤りと思われるが、余象斗が余象烏、余世騰のように出版に際して複数の名

を用いていたように、同一人物が幾つかの名を用いた可能性も否定できない。居仁堂と名乗る余応孔の屋号についても、彼の他の出版である『周易初談講意』六巻及び『新鍥燕台校正天下通行文林聚宝万巻星羅』三十九巻においては、それぞれ静観室、双峯堂と使い分けている。また王重民の調査[(10)]によると、アメリカ国会図書館蔵『唐詩訓解』には書衣が付いており、そこに「書林三台館梓」と記してあるという。双峯堂や三台館は余象斗も用いていた屋号であり、彼らは余氏一族刻本というブランドを最大限に活用していた。

さて、余応孔が出版した『唐詩訓解』は、先に挙げたように「李攀龍 選／袁宏道 校」とある。袁宏道は李攀龍の古文辞派を公然と批判し、両者の唐詩観は相容れることがなかったことは周知の事実である。このことからも、二人の合作とされる『唐詩訓解』は撞着していることが判る。確かにその内容を見ても、李于鱗『唐詩選』から数首を増減し、蔣一葵箋釈本の注と唐汝詢『唐詩解』五十巻の評を仮借した明らかな偽書である。この本が巧妙に作られている点として、袁宏道の序と題された「唐詩訓解序」がある。その全文を左の上部に挙げる。

「唐詩訓解序」

詩之爲教、温厚和平、詩之爲品、理趣機局。[1]今之爲詩者、類出於制擧之餘、不則其才之不逮、逃於詩以自文其陋者。故其詩多不工於理趣機局、不能全肖、況温厚和平、而可易言哉。[2]唐以詩賦士、[3]士乃童而習之。萃天下之精神、注之一的、故窮工極變、

「郝公琰詩叙」　（『袁宏道集』巻三十五）

郝公琰訪余柳浪、以詩爲質、且以擧子業求政。余告之曰、夫詩與擧子業、異調同機者也。[2]唐以詩試士、如桃李不言、行不由徑等篇、束於對偶使事、如今程墨。然而集中所傳、多其行卷贈送之什、即今之窗課也。[1]今代爲詩者、類出於制擧之餘、不則其才之不逮、

於詩無所不備也。李于鱗之文險[I]如舞女走竿、活如市兒弄丸。横心所出、腕無不受者、坡公嘗評道子畫、謂如以燈取影、横見側出、逆來順往、各相乘除。余謂于鱗之文亦然。于鱗之詩不必唐、不必不唐。至其評唐詩、則又以一人之心、出没於唐人之集。以唐人之心、供翫於一人之手。故着實體貼、不落權設窠臼、其温厚和平者刊録之、其理趣機局者點綴之。使習詩者、開卷了然、[4]取之初以逸其氣、取之盛以老其格、取之中以暢其情、取之晩以刻其思。置唐人於誦詩者之前、無弗貌其眞也。置誦詩者於唐人之側、靡弗合其竅也。于鱗之詩、于鱗之評詩盡之矣。其有益於詩教、顧不大歟。孔子删三百篇詩以成經、于鱗解唐詩以入經。經者常也、不可易之義也。經者久也、不可朽之意也。詩教不能泯於世、則于鱗之訓解、當與日明水流、同演映於無窮耳。人心各自有唐、幸勿以[II]世諦流布、視李于鱗之訓解、則得之。

公安　袁石公　題

逃於詩以自文其陋者、故其詩多不工。而時文[3]乃童而習之、萃天下之精神、注之一的、故文之變態、常百倍於詩。迨於今、雕刻穿鑿、已如才江・錦瑟諸公、中唐體格、一變而晩矣。……公琰爲詩、爲擧子業、[4]取之初、以逸其氣、取之盛、以老其格、取之中、以暢其情、取之晩、以刻其思。富有而新之、無不合也。

「識雪照澄卷末」　（『袁宏道集』卷四十一）

東坡、戒公後身也。……坡公作文[I]如舞女走竿、如市兒弄丸、横心所出、腕無不受者。公嘗評道子畫、謂如以燈取影、横見側出、逆來順往、各相乘除。余謂公文亦然。……故余嘗謂坡公一切雜文、活祖師也、其説禪説道理、[II]世諦流布而已。

一見して明らかな如く、この「唐詩訓解序」は、袁宏道の「郝公琰詩叙」（傍線部）と「識雪照澄巻末」（波線部）の文章を巧妙に繋ぎ合わせて、対句表現を多用した八股文の形式になっている。前者は袁宏道の別墅を訪れた郝之璽（公琰）に対して、詩と八股文（挙子業）との相違を論じた文であるが、傍線3にて、八股文を作る際には「萃天下之精神、注之一的。故文之變態、常百倍於詩（天下の精神を萃め、これを一的に注ぐ。故に文の変態、常に詩に百倍す）」という原論を、「唐詩訓解序」では、詩を作る際に「萃天下之精神、注之一的、故窮工極變、於詩無所不備也（天下の精神を萃め、これを一的に注ぐ。故に工を窮め変を極め、詩に於いて備へざる所無きなり）」と巧みに嵌替えている。同様に、後者も五祖戒禅師の生まれ変わりと称した蘇軾について言及した文である。波線Ⅰの「如舞女走竿、如市兒弄丸、横心所出、腕無不受者（舞女の竿を走るが如く、市児の丸を弄ぶが如く、心の出だす所を横にし、腕の受けざる者無し）」は、心のままに真情を表現する蘇軾の文に対する袁宏道の讃辞であるが、「唐詩訓解序」では李攀龍の文への評価に嵌替えられている。なお、呉道子の絵画に対する「謂如以燈取影、横見側出、逆來順往、各相乘除（謂へらく燈を以て影を取るは、横より見れ側より出で、逆より来たりて順に往くが如く、各〻相ひ乗除す）」との蘇軾の論評は、「書呉道子画後」（『蘇軾文集』巻七十）に見える表現である。傍線部以外にも「唐詩訓解序」には、恰も袁宏道の文章の如く装っている箇所がある。例えば、「詩之爲教、温厚和平（詩の教へと為るは、温厚和平なり）」とは『礼記』経解篇の「孔子曰、入其國、其教可知也。其爲人也、温柔敦厚、詩教也（孔子曰く、其の国に入りて、其の教へ知るべきなり。其の人と為りや、温柔敦厚なるは、詩の教へなり）」に基づくものので、当時の中国文人の意識の根底にあった文学観である。(11)また「理趣機局」とは、袁宏道が傾倒していた仏教の用語であり、「窠臼」とは、本来古文辞派が規範やしきたりに縛られていることを批判した袁宏道の言葉である（『袁宏道集』巻二十二「馮侍郎座主」）。とりわけ、このような八股文は袁宏道が最も得意とした文体であり、下部の袁宏道の文から本来の意味を歪曲し、李攀龍の『唐詩選』を賞賛した文に仕立てるには、単なる刻工の如き職人ではなく、ある程度以上の知的水準と作文能力を持ち合わせていないと出来ない。そもそも八股文は、科挙の答案にも用いられ、受験者にとって必須の文体である。凌濛初をはじめ科挙に合格しなかった文人が出版業に身を投じるようになるのは明末出版の特色であり、余応孔も科挙を志した経験を有するのではないかと考えられる[12]。

第三節　唐汝詢『唐詩解』からの改変

『唐詩訓解』の注釈の体裁は、蒋一葵箋釈本の夾注を鼇頭に配し、語注を本文末に空頭、即ち一字下げて双行小字にて列挙する。続けて空頭の体裁を採らずに唐汝詢『唐詩解』の評を載せる。つまり『唐詩訓解』の評注は、概ね他本からの仮借で成り立っている。しかし詳しく検証すると、『唐詩訓解』は唐汝詢の評をそのまま襲用するのではなく、一部改変しているところが見える。以下に余応孔の改変の例を挙げたい。

①先ず、従来の李于鱗『唐詩選』に未収の詩を、『唐詩解』と『唐詩訓解』が補足した例を挙げる。

山寺鳴鐘晝已昏　　山寺鐘鳴りて昼 已に昏れ

漁梁渡頭争渡喧　　漁梁の渡頭　渡るを争ひて喧し
人隨沙岸向江村　　人　沙岸に随ひて江村に向かひ
余亦乘舟歸鹿門　　余も亦た舟に乗りて鹿門に帰る
鹿門月照開烟樹　　鹿門　月照りて　烟樹開き
忽到龐公栖隱處　　忽ち到る　龐公栖隠の処
巖扉松徑長寂寥　　巌扉松径　長(とこし)へに寂寥
唯有幽人自來去　　唯だ幽人の自ら来去する有るのみ

（『唐詩訓解』巻二、孟浩然「夜帰鹿門歌」詩）

孟浩然は後漢の龐徳公に倣って郷里近くの鹿門に隠棲しており、この詩は、夜に友人と別れて鹿門に帰る時の作として、五言古詩の「登鹿門山（鹿門山に登る）」詩（『孟浩然詩集』巻上）と共に彼の代表作となっている。この詩は八句で構成されるが、上四句は「昏・村・門（上平二十三魂）」と「喧（上平二十二元）」の毎句韻、下四句で「樹（去声十遇）」と「處・去（去声九御）」に換韻する七言古詩である。唐汝詢は『唐詩解』の中で次のように評する。

此因暮歸而寫山居之幽也。言鐘鳴日夕歸人争渡、吾亦趨家而適見月光之照樹、乃正龐公棲隱處也。門逕蕭然、一塵無染。惟吾幽人來往其間耳。此篇不加斧鑿、字字超凡、即不能金粟堆邊、終不減終南茅屋。于鱗乃收王而棄孟、何耶。

此れ暮に帰るに因りて山居の幽を写すなり。言ふこゝろは鐘鳴り日夕にして帰人 渡を争ひ、吾も亦た家に趨りて適〻月光の樹を照らすを見るに、乃ち正に龐公の棲隠する処なり。門逕蕭然として、一塵染まること無し。惟だ吾が幽人 其の間を来往するのみ。此の篇 斧鑿を加へず、字字超凡、即ひ金粟堆辺（玄宗の陵墓）なること能はざるも、終に終南茅屋（王維の輞川荘）に減ぜず。于鱗乃ち王を収めて孟を棄つるは、何ぞや。

この詩と同列に見られる王維詩とは、張諲を輞川の別墅に招くために詠んだ王維「答張五弟諲（張五弟諲に答ふ）」詩を指す。唐汝詢は、李于鱗『唐詩選』がこの孟浩然詩と同等の情景を詠んだ王維詩のみを収めて孟浩然詩を収めないことに疑問を呈し、孟浩然詩も併せて『唐詩解』に収める。一方、『唐詩訓解』も『唐詩解』に倣って孟浩然詩を収録するが、傍点箇所を「于鱗乃收王而棄孟、故補之（于鱗 乃ち王を収めて孟を棄つる、故にこれを補ふ）」と改変し、恰も『唐詩訓解』が李于鱗『唐詩選』の疎漏を補ったかのように繕う。これは、暗に『唐詩訓解』が従来の李于鱗『唐詩選』より勝ることを宣言しているのである。

②次に『唐詩解』が李于鱗『唐詩選』の収録詩を問題視した例を挙げる。

君不見呉王宮閣臨江起　　君見ずや 呉王の宮閣 江に臨んで起こり
　不捲珠簾見江水　　珠簾を捲かず 江水を見るを
暁氣晴來雙闕間　　暁気 晴れ来たる 双闕の間

潮聲夜落千門裏　　潮声　夜落つ　千門の裏
勾踐城中非舊春　　勾践の城中　旧春に非ず
姑蘇臺下起黃塵　　姑蘇の台下　黄塵起こる
祇今唯有西江月　　祇今　唯だ有り　西江の月
曾照呉王宮裏人　　曽て照らす呉王宮裏の人

（巻三、衛万「呉宮怨」詩）

末二句は、李白「蘇台覧古」詩にも用いられる有名な句である。唐汝詢の評は次の通り。

此弔古之詩。呉王起宮臨江、極其壯麗、後竟爲勾踐所有。今越城亦非復舊春、而與姑蘇同一黃塵矣。求親見當時之盛者、惟西江之明月在也。吁、人君侈靡于宮室者、可無戒歟。衛萬、世次無考。觀其詩彷彿開元天寶間語。然不過步驟「滕王閣」以成篇。尾聯又魚獵太白語。于鱗選最稱嚴俊而此子獨見録、幸哉。

此れ弔古の詩なり。呉王　宮を起(た)て江に臨み、其の壮麗を極むるも、後に竟に勾践の有する所と為る。今　越城も亦た旧春を復するに非ずして、姑蘇と同じく一に黄塵なり。当時の盛んなりしを親見せんと求むるも、惟だ西江の明月のみ在るなり。吁(あゝ)、人君の宮室に侈靡たる者は、戒むること無かるべけんや。衛万、世次考無し。其の詩を観るに開元天宝間の語に彷彿たり。然れども「滕王閣」を歩驟して以て篇を成すに過ぎず。尾聯又太白の語を魚猟す。于鱗の選、最も厳俊なりと称せらるゝに、此の子　独り録せらるゝは幸ひなるかな。

後半部分では、衛万の生卒年を問題とする。この詩は王勃「滕王閣」詩の後塵を拝し、李白の詩句を襲用していることから、唐汝詢は衛万を開元天宝年間（七一三〜七五六）の盛唐の詩風を備えた李白より後の人と推測する。同じく唐汝詢の編である『彙編唐詩十集』（国立公文書館所蔵）も、この詩の末二句について、「蔣云二句李白用爲絶句。唐云安知非萬盜襲耶（蔣（一葵）云ふ、二句李白用ゐて絶句と為す。唐（汝詢）云ふ、安くんぞ（衛）万の盗襲するに非ざるを知らんや）」と、衛万が李白詩を襲用したとの注があり、唐汝詢の見解では、厳選された李于鱗『唐詩選』にこの模倣詩を収録されることは、衛万にとって幸運なことであろうと述べる。しかし、『唐詩訓解』の評は、次のように異なる。

> 呉宮昔之盛時、近江映水、朝有晴氣入闕、夜有潮聲到門、惟高廣。故早得日、虚受聲也。今城中非舊日之春、而臺下蕩爲丘墟耳。惟此江中之月、乃昔時之照宮人者、而餘景悉非矣。撫之能無慨乎。
>
> 呉宮　昔の盛んなりし時、江に近く水に映じ、朝に晴気　闕に入る有り、夜に潮声　門に到る有り、惟(こ)れ高広なり。故に早(つと)に日を得、虚にして声を受くるなり。今　城中　旧日の春に非ずして、台下蕩(やぶ)れて丘墟と為るのみ。惟だ此の江中の月のみ、乃ち昔時の宮人を照らせし者にして、余景は悉く非なり。これを撫して能く慨すること無からんや。

『唐詩訓解』はここで衛万の生卒年に触れない。この文章は他の詩評等から仮借してきたか否かは判じ得ず、余応孔が新たに記したとも考えられる。ここで『唐詩訓解』が『唐詩解』と全く異なる評を付したのは、衛万の生卒年に対する見解の相違からである。『唐詩訓解』の巻頭に付す「初盛中晩唐詩人姓氏爵里」を見ると、衛万を武徳から開元初までの初唐詩人三十名の中に入れ、李白以前の初唐詩人と見なしている。『唐詩訓解』の編者は、『唐詩解』の如く衛万が李白を剽窃した盛唐詩人として李于鱗『唐詩選』に幸いにも混入されたとするという否定的見解では、衛万が低く評価され、同時に『唐詩訓解』の価値が減ずることを恐れたと考えられる。

③唐汝詢『唐詩解』には、採録された唐代詩人に対し、更に厳しい評価を下している例がある。

香刹夜忘歸　　香刹　夜帰るを忘る
松清古殿扉　　松は清し 古殿の扉
燈明方丈室　　燈は明らかなり 方丈の室
珠繫比丘衣　　珠は繫ぐ 比丘の衣
白日傳心浄　　白日　伝心浄く
青蓮喩法微　　青蓮　喩法微なり
天花落不盡　　天花　落つること尽きず
處處鳥啣飛　　処処　鳥啣(ふく)んで飛ぶ

（巻三、綦毋潜「宿龍興寺」詩）

綦毋潜には寺院や道観に寓居した際の作品が多く残っており、この詩も「香刹」「方丈」「比丘」「伝心」

「青蓮」「天花」「鳥啣飛」と仏教語を点綴する。唐汝詢の評価によれば、

　此因遊寺而美其僧也。入香刹而忘歸者、愛繞殿之松陰也。燈明於室、珠繫於衣、取其光也。指日傳心、顯而易見。以蓮喩法、潔而無染。故能使天花數下、飛鳥皆能啣之。此詩語極無味、格調甚卑。入于鱗選、我所不解。

　此れ寺に遊ぶに因りて其の僧を美（ほ）むるなり。香刹に入りて帰るを忘るゝは、繞殿の松陰を愛すればなり。燈は室に明るくして、珠は衣に繫ぎ、其の光を取るなり。日を指して心を伝ふるは、顕にして見易し。蓮を以て法に喩ふるは、潔にして染まること無し。故に能く天花をして数ゝ（しばしば）下らしめば、飛鳥皆能くこれを啣む。此の詩語 極めて味無く、格調甚だ卑し。于鱗の選に入るゝは我の解せざる所なり。

と極めて辛辣である。「無味」とは、『文鏡秘府論』によれば、偏に場景を述べて、詩意が尽くされていないことを批判した謂いである。唐汝詢は、傍点箇所のように李攀龍が厳選した『唐詩選』にこのような詩を入れることに理解を示さない。一方『唐詩訓解』は傍点箇所を「于鱗選之無謂（于鱗のこれを選するは謂はれ無し）」と改めている。一見同じように見え、原文の「我」は、『唐詩訓解』において袁宏道を指しても支障が無いのに、何故改変を施したのであろうか。それは、唐汝詢は李攀龍の古文辞派を崇拝し、その唐詩観に沿って『唐詩解』を編んだことに起因する。唐汝詢は、李于鱗『唐詩選』に収められる詩は全て『唐詩解』に収録し、李攀龍の詩観から大きく逸脱することはない。したがって唐汝詢は、李攀龍がこの詩を採ること

に違和感を覚えながら、傍点箇所のように、「かの李攀龍先生が何故この詩を録したのか判らない」と述べるに止まる。そこで再度『唐詩訓解』の改変箇所を見れば、「この詩を採る必然性が無い」と述べ、李攀龍がこの詩を採ったことへの批判へとすり替えている。ここには当時の詩壇の柵（しがらみ）を超越し、ビジネスライクに徹した上で従来の李于鱗『唐詩選』との差別化が図られ、言外に『唐詩訓解』がより優れた見解を示した詩集であることが鼓吹されている。

以上のように、『唐詩訓解』の改変は、単なる記憶違いや誤写ではなく、意図的なものであることが判る。こうした細心の配慮は、延いては読者を意識してのことであろう。余応孔が李于鱗『唐詩選』に『唐詩解』の評をつけ加えて売り出そうとした理由に、『唐詩解』が五十巻の大部な詩集であり、読み本としては不相応であったことが挙げられる。『唐詩訓解』は、『唐詩選』の類本であると共に、『唐詩解』の廉価なダイジェスト版として、多くの売上が見込まれた。

第四節　『唐詩選』類本出版と科挙

ここで再び『唐詩訓解』の刊行年である万暦四十六年という時期に注目したい。この時期に至るまでの関連事項を簡略に列べると以下の如くである。

隆慶四年　（一五七〇）　八月十九日　　李攀龍　没

万暦二十年　（一五九二）　三月十八日　袁宏道 進士及第
万暦二十一年（一五九三）　蔣一葵「唐詩選註序」[13]
万暦三十八年（一六一〇）　三月十七日　韓敬・銭謙益 進士及第
　　　　　　　　　　　　　秋　『唐詩選玉』刊行
万暦四十三年（一六一五）　九月六日　袁宏道 没
　　　　　　　　　　　　　　　　『唐詩解』刊行
万暦四十六年（一六一八）　孟夏　『唐詩訓解』刊行

『唐詩選玉』の正式書名は、『新刻銭太史評註李于鱗唐詩選玉』七巻といい[14]、銭謙益による李于鱗『唐詩選』の評注本と謳う。そもそも李于鱗『唐詩選』自体が偽書であるという説もあるが、該書も李攀龍「選唐詩序」とともに韓敬の序を載せた『唐詩選』の類本である。巻末に「萬曆庚戌秋月／書林 劉龍田 鐫」とあり、福建の書林・喬山堂の劉龍田によって出版された。上の年表の如く、万暦三十八年は韓敬と銭謙益が共に進士に及第した年であり、韓敬はその年の状元であった。このわずか半年後に、彼らの名を騙った『唐詩選』を刊行したことから、その絶好の商機を逃すまいとした書林の思惑が窺える。同じく福建刻本である王状元（十朋）注の蘇東坡集や施会元（鳳来）注の駱賓王集等も科挙成功者の名を冠することで書物の権威性を高めるねらいがあった。袁宏道の名も同様に宣伝効果が大きく、万暦期には『唐詩訓解』以外にも、『新刻袁中郎先生批評紅梅記』や『袁中郎先生批評唐白虎彙集』等、袁宏道の評と謳う出版物の例がある。さて、『唐詩訓解』が刊行された万暦四十六年は、既に李攀龍と袁宏道の没後である。余応孔は、斯界を風靡した袁宏道や李攀龍の名声の余韻が消えぬ内に『唐詩訓解』刊行を目論んだものであろう。著名人の死後すぐに当人の遺作が売れるのは現在の市場原理にも通じることである。当時は今日の著作権のような厳しい法規は無かったが、余応孔は、許可無く彼らの名を騙っても苦情が出ないと判断したと考えられる。また『唐詩訓解』の底本として重要な位置を占める『唐詩解』も、その三年前に作られたばかりの最新の書物であった。唐汝詢は、五歳にして失明したため科挙に応じることが出来なかったが、唐詩に精通し、非凡な才能を持っていたことは、その伝記が伝える通りである。[15]また決して裕福といえない唐汝詢が『唐詩解』出版に際して、社友に資金援助を求めたことは、「求刻唐詩解疏」（唐汝詢『編蓬後集』巻十二）から判る。そこで、潤沢な出版資金と経験を有する余氏一族が、『唐詩訓解』の発行部数や宣伝力を以て『唐詩解』を凌駕した、若しくは唐汝詢からその権利を買収した可能性は大いに考えられよう。

以上、福建書林余氏刻本である『唐詩訓解』が、実は周到に装飾された偽書であることを検証した。その結果、意図的な改変が行われていたことが明らかとなった。確かに、『唐詩訓解』が当時如何ほど売れたかを知ることは難しい。しかし、『三国演義』の如く娯楽性の高い挿図や購買意欲を誘う宣伝文等の付加価値を伴わなくとも、『唐詩訓解』は読者を充分に魅惑しうる体裁を整えており、既刊の李于鱗『唐詩選』以上の売上が期待された『唐詩選』類本であった。畢竟、『唐詩訓解』は、経書の注疏の如く後世への伝承を志した高尚な書籍ではなく、福建書肆の営利目的を多分に含んだ唐詩の解説書であったといえよう。

（1）謝肇淛『五雑俎』巻十三「事部」、原文に「宋時刻本以杭州爲上、蜀本次之、福建最下。……閩建陽有書坊出書最多、而板紙俱最濫惡。蓋徒爲射利計、非以傳世也。大凡書刻急於射利者、必不能精、蓋不能捐重價故耳（宋時の刻本 杭州を以て上と為し、蜀本これに次ぎ、福建 最も下なり。……閩の建陽に書坊有りて書を出だすこと最も多し、而るに板紙 倶に最も濫悪なり。蓋し徒らに射利の計を為すものにして、世に伝はるを以てするに非ざるなり。大凡書刻の射利に急ぐ者は、必ず精なること能はず、蓋し重価を損つること能はざるが故なるのみ）」とある。また、福建建陽の営利出版文化についての総合的な先行研究に、Lucille Chia: "Printing for Profit: The Commercial Publishers of Jianyang,Fujian(11th-17th Centuries)"（*Harvard-Yenching Institute Monograph Series 56* 2002）がある。

（2）余象斗刻本『三国演義』に関する研究には、金文京「『三国演義』版本試探—建安諸本を中心に—」（『集刊東洋学』第六十一号　一九八九年）をはじめ、多くの先行研究があるが、主に本文の校訂から版本の系統を分析するに止まる。

（3）沈津「明代坊刻図書之流通与価格」（『国家図書館館刊』　一九九六年第一期）によると、アメリカハーバード大学燕京図書館に蔵する『唐詩訓解』四冊本には、「毎部紋銀壹兩」と刻印されている。

（4）例えば、陳際泰（一五六七～一六四一）の自伝『陳氏三世伝略』（杜聯喆『明人自伝文鈔』芸文印書館　一九七七年所収）に、「十歳時……従族舅鍾濟川、借『三國演義』、向墻角曝背觀之。母呼食粥不應。呼午飯又不應。即饑索粥飯皆冷。母捉裾將與杖、既而釋之。母或飲濟川酒。〝舅何故借而甥書。書上截有人馬相殺事、甥耽之、大廢眠食。〟泰亟應口曰、〝兒非看人物、看人物下截字也。〟（十歳の時……族舅の鍾済川より、

『三国演義』を借り、墻角に向いて曝背してこれを観る。母 食粥に呼べども応へず。午飯に呼べども又応へず。即ち飢ゑて粥飯を索むれば皆冷む。母 裾を捉へ将に杖を与へんとし、既にしてこれを釈す。母 或るとき済川に酒を飲ましめていふ、〝舅は何の故にか而の甥に書を借したる。書の上截に人馬相殺の事有りて、甥 これに耽けり、大いに眠食を廃す〟と。泰 亟かに応口して曰く、〝児は人物を看るに非ずして、人物の下截の字を看るなり〟と）」とある。当時、陳際泰は福建にいたため、彼の見た『三国演義』も福建刻本であり、且つ挿図本が汎く文盲にも受け入れられた傍証とされる。

（5）『日本蔵中国罕見地方志叢刊』（書目文献出版社　一九九一年）所収。なおここには「李于鱗唐詩選」以外に「李滄溟文集」「袁中郎全集」も見え、李攀龍や袁宏道の著作は当時の人気商品であったことが判る。

（6）『大清高宗純皇帝実録』巻九百七十五。原文は、「（乾隆四十年一月十八日）及閲内府所蔵舊板『千家注杜詩』、向稱爲宋槧者、巻後有〝皇慶壬子余氏刊於勤有堂〟數字。皇慶爲元仁宗年號、則其板是元非宋。……論書板之精者、稱建安余仁仲、雖未刊有堂名、可見閩中余板、在南宋久已著名（内府の蔵する所の旧板『千家注杜詩』を閲するに及び、向に称するに宋槧と為せども、巻後に〝皇慶壬子余氏刊於勤有堂〟の数字有り。皇慶は元の仁宗の年号為れば、則ち其の板 是れ元なりて宋に非ず。……書板の精を論ずる者は、建安の余仁仲と称し、未だ有堂の名を刊せずと雖も、閩中の余板、南宋に在りて久しく已に名を著すを見るべし）」とある。

（7）丸山浩明「余象斗本考略」（『二松学舎大学人文論叢』第五十輯記念号　一九九三年）に「なお、余氏の牌記については、半葉を用い、中央部に白抜きの十数枚の花弁を二或いは三段に象った蓮台の上に、双辺二行割りの右に年月日、左に書林名を印す形が一般的である。例えば、『水滸志伝評林』の牌記は「萬暦甲午季秋月書／林雙峰堂余文台梓」、『両漢萃宝評林』の牌記は「萬暦辛卯歳孟冬／自新齋余明吾梓」の如きである。この蓮台と上部の葉脈が白抜きされた葉の冠が、余氏一族の出版物の一種の商標の役割を果たしている」とあり、本論の『唐詩訓解』も明万暦期の余氏の蓮牌が施される（下図参照）。

(8) 肖東発「建陽余氏刻書考略」（『文献』第二十一～二十三輯　一九八四～八五年）、「明代小説家・刻書家余象斗」（『明清小説論叢』第四輯　一九八六年）を参照。

(9) 『四書千百年眼』については、大木康『明末江南の出版文化』第二章「明末江南における出版業隆盛の背景」（研文出版　二〇〇四年）参照。

(10) 王重民『美国国会図書館蔵中国善本書目』（文海出版社　一九七二年）、『中国善本書提要』（上海古籍出版社　一九八三年）参照。

(11) 「温柔敦厚」「中正和平」という概念は、清代初期には活発に論じられるようになる。船津富彦「清初詩話

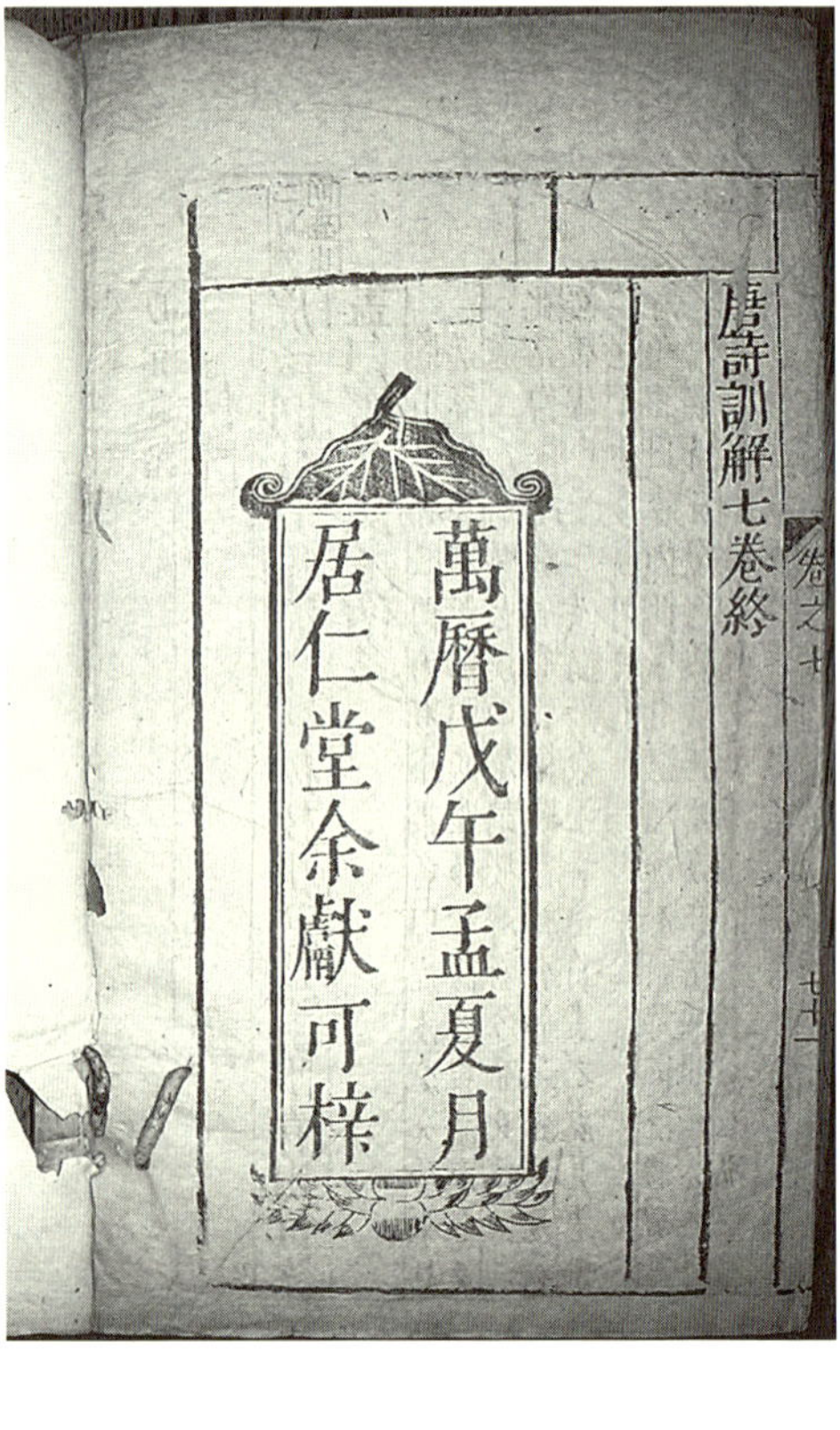

にあらわれた「温柔敦厚詩教也」について」（『東洋文学研究』第十七号　一九六九年）、呉兆路「沈徳潜〝温柔敦厚〟説新解」（『九州中国学会報』第三十五巻　一九九七年）参照。

⑿　前述の余応虬は、万暦三十七、八年ごろに生員となり、南京国子監に入るほどの秀才であった。井上進『書林の眺望―伝統中国の書物世界』「第一部　書物の世界、日本に現存する漢籍について」（平凡社　二〇〇六年）参照。

⒀　最も古いとされる蒋一葵箋釈本は、楊縄信『中国版刻綜録』（陝西人民出版社　一九八七年）に「武林一初齋　一五九二（万暦二十）年刊唐詩選七巻　明　李攀龍　輯／蒋一葵　箋釈　（南京図書館蔵）」とある。

⒁　筆者は未見。前掲王重民『美国国会図書館蔵中国善本書目』、同『中国善本書提要』参照。

⒂　澤田瑞穂「盲詩人唐汝詢生卒年考」（『中国詩文論叢』第一集　一九八二年）参照。

第三章　明末福建書林劉氏試探
——附『鍾伯敬評註唐詩選』について——

第一節　はじめに

明末の社会構造は、科挙及第を目指す読書人を含む知識文人層を「士」、それ以外を「庶」の二種類に分類することができる。その身分体制は近世日本の士農工商制と異なり、士と庶を隔てる境界線が緩やかであった。要するに、環境さえ整えばほとんどの男子が科挙を受験できるため、商人の家系に生まれた優秀な子供にも官僚になる機会があった。そうした事例は、蒲松齢『聊斎志異』や呉敬梓『儒林外史』などに度々登場する。

してみると、出版家という職業的身分を定義することは非常に難しい問題である。明末の出版家の中には、科挙を志すも夢破れて文筆業に走った馮夢龍、「山人」と称される隠者の陳継儒、個人的な文物趣味に近い精美な家刻を行なった凌濛初など、その背景は多種多様だからである。[1] また、浙江・金陵（南京）・建陽（福建）・新安（安徽）など、出版業が盛んな地域でもそれぞれに特色がある。とりわけ福建刻本の特徴として、大量に出版されて流通しているものの、劣悪で誤謬の多い最低の水準であると、宋代から既に葉夢得『石林燕語』や陸游『老学庵筆記』などに酷評されてきた。明末の出版の多くは一族経営による坊刻であるが、福建を代表する坊刻出版家として先ず第一に余象斗（字は仰止、?〜一六三七）が挙げられよう。余氏の一族は、肖東発氏が引く『書林余氏重修宗譜』によってその系図が明らかである[2]が、彼に関する伝記史料は乏しいと言わざるを得ない。「双峰堂」「三台館」「文台堂」など複数存在する屋号、五十年以上にも亘るとされる彼の出版活動は、専ら余象斗が刊行した書物の書誌情報をまとめた上で得られたものである。つまり、その知名度は出版業績の多さに基づくものであり、そこから余象斗の人となりを判断することは不可能である。そこで本章では、同じく明末福建にて余氏に次いで数多くの業績を残す劉氏一族について、伝記やその他の資料とを照らし合わせ、その人となりと出版活動との整合性を検証しようと試みるものである。

第二節　劉氏一族と科挙

先ず、劉氏一族について概観してみたい[3]。劉氏の系譜を溯ると、麻沙の西族北派・建陽馬伏の西族南派・崇安五夫里の東族の三系統に分かれる。中でも西族北派は、劉翱（八五八〜九三六）が唐末期の乾寧四年（八九七）に入閩して以来続く名家である。その出版活動は、早くは紹興三十年（一一六〇）に『新唐書』を出版した劉仲吉をはじめとして、劉通判の名で知られる劉復言、翠岩精舎の劉君佐など、名立たる出版家を輩出したが、当時の出版活動は朱子学との繋がりを無視して論じる事は出来ない。朱子学は閩学とも言われるように、朱子学は福建において隆盛し、全国一の科挙及第者を輩出した[4]。左に列挙するように、劉氏一族も多くの進士及第者を輩出している。

劉復言（一一三三）　劉崇之（一一七五）　劉君佐（一二七〇）　以上西族北派
劉　瑋（一一一八）　**劉　爚**（一一七二）　**劉　炳**（一一七八）　劉　塡（一一九三）　劉　炯（一一九九）
劉　銓（一一九九）　劉　焞（一二〇八）　劉　灼（一二一一）　**劉　垕**（一二二七）　**劉応李**（一二七四）　以上西族南派
劉　軨（一〇九四）　劉如愚（一一四二）　**劉　珙**（一一四二）　以上東族

※括弧は及第年、**ゴチック体**は黄宗羲『宋元学案』所載。

『宋元学案』によると、劉珙は朱熹の師に当たり、劉爚とその子の垕は朱熹の門下である。また、名前から想像できるように、爚・炳・炯・焞・灼はみな兄弟であり、そろって及第するほどの高い学力水準を有していた。

出版家として見た場合、翠岩精舎の劉君佐が出版した延祐元年（一三一四）刊『程朱二先生周易伝義』は、当時元朝にて再開された科挙の教本となった。つまり、初期の劉氏一族の出版は、主に科挙や朱子学に直結した出版であった。

ところが、明代において科挙がより難化すると、劉氏一族から科挙及第者が出現しなくなり、出版内容にも変化が見られる。そうした中、劉氏一族で最も出版業績があったのは、喬山堂の劉龍田（一五六〇～一六二五）である。彼は『（民国十八年）建陽県志』に「孝友」として伝記が残る。

劉大易、字龍田、書坊人。事父母以色養。姪幼孤、撫之成立。好施濟郷鄰、侍之擧火者數十家。初業儒、弗售。挾篋游洞庭・瞿塘諸勝、喟然曰、「名教中有樂地。吾何多求。」遄歸侍庭幃、發藏書讀之、纂『五經緒論』『昌後録』『古今箴鑒』諸篇。既卒、以子孔敬貴、贈戸部廣東清吏司主事。崇禎間、祀郷賢祠。

劉大易、字は龍田、書坊の人。父母に事ふるに色養を以てす。姪 幼くして孤となり、これを撫して成立せしむ。好く郷隣を施済し、これを侍ちて挙火する者 数十家。初め儒を業とし、售はず。篋に挾めて洞庭・瞿塘の諸勝に游ぶも、喟然として曰く、「名教の中に楽地有り。吾 何ぞ多くを求めん」と。遄かに帰りて庭幃に侍り、蔵書を発きてこれを読み、『五経緒論』『昌後録』『古今箴鑑』の諸篇を纂す。既に卒し、子の孔敬を以て貴とし、戸部広東清吏司主事を贈らる。崇禎の間、郷賢祠に祀らる。

劉龍田の名は大易であるが、本稿では、通名の劉龍田と呼称する。劉龍田は姪だけでなく、血縁者以外の面倒を見るほど経済的に余裕があった。その経済基盤は、嘗て官僚を輩出した家柄と代々続いてきた出版業に支えられていた。劉氏一族は十三世紀以降久しく進士と無縁であっても学問への情熱は失わなかった。そこで長男の劉孔敬（字は若臨、号は淇菉）は天啓元年（一六二一）に郷挙、同五年（一六二五）に晴れて進士に及第し、山西布政司参政[5]となった。

【福建劉氏略系図】

- 劉福棨
  - 劉大金（玉田）
    - 劉孔年
    - 劉孔業
  - 劉大易（龍田）
    - 劉孔敬（若臨）
    - 劉孔敦（若樸）

第三節　劉孔敦『詹詹集』について

ところで、前田尊経閣文庫と東北大学狩野文庫に劉孔敦『詹詹集』という詩集が所蔵される。この劉孔敦（字は若樸）は、劉龍田の子であり、また劉孔敬の弟でもある。経済的に余裕がある富豪は、自分の墓誌銘を依頼したり、自分の詩文集を出版したりして、後世に自分の名を残したいと思うようになった。出版家自らが詠んだ詩集というのは、他にあまり例を見ず、明末出版家の交流や背景を知る上で貴重な資料となる。管見の限りでは、『詹詹集』は日本にのみ残存が確認されるが、明人の詩文集は今後中国でも新たに発見される可能性は低くない。しかし、科挙にも及第していない一出版家の詩集であるため、多数の需要があったとは到底思われず、恐らく記念の意味を込めた初刷りのみの、印刷部数も知人に配布する程度であろう。書名の「詹詹」という字義は、くどくどと述べる様子を表し、「つれづれ」「いざよい」の如くネガティブな命名である。ここで筆者は尊経閣文庫本を閲覧する機会を得た。その装丁は毎半葉七行十六字、四周単辺、白口、不分巻、版框は高19.8cm×寛12.6cmである。版心下には「蟠環堂」の三字が刻まれる。その内容は全て劉孔敦の詠じた詩九十六首である。僅か三十葉の本文に対して、陳于鼎・許賡甫・張鶚祥の三名による計十三葉の序文があり、劉孔敦が彼らに序文の執筆を依頼したかは定かではないが、劉孔敦の交友関係を重視する態度が窺える。許賡甫の序文に「崇禎壬申（五年、一六三二）四月望日」と記されることから、崇禎年間の刊行と見なしてよい。また、最後の序文を記した張鶚祥について、『詹詹集』には彼に送った作品が最も多く収録されているのみならず、その書扉には「張雲若　删訂／詹詹集／此君山房　梓」とあり、編著者名にも「古潭　劉孔敦　若樸父　著／瀫水　張鶚祥　雲若父　訂」と記されることから、『詹詹集』の出版には張鶚祥が深く関わっていると思われる。劉氏の出版する書物に「此君山房」や「蟠環堂」と号するものがなく、恐らく他の書肆に依頼した出版であろう。[6] 劉孔敦は出版家でありながら、自らが積極的に出版した証を残さないのは、彼なりの礼節と体面を重んじたためであろう。

この『詹詹集』からは、劉孔敦についての様々な情報を得ることが出来る。陳于鼎序に次のようにある。

潭陽劉君若樸工古文辭、尤工詩賦。蓋繇劉氏青箱家學、錦囊久秘、今且駸駸抒出。故其長昆淇菉年兄以『麟經』成名進士、而若樸以澹雅之才、具沈鬱之思。

潭陽の劉君若樸　古文辞に工(たく)みにして、尤も詩賦に工みなり。蓋し劉氏の青箱の家学に繇(したが)ひ、錦囊　久しく秘す。今且(まさ)に駸駸として抒出せんとす。故に其の長昆淇菉年兄『麟経』を以て進士に成名し、若樸　淡雅の才を以て、沈鬱の思を具(そな)ふ。

青箱の家学とは、家で代々受け継がれていく学問である。ここにも科挙に及第して進士となった兄の劉孔敬（淇菉）が引き合いに出されている。『麟経』とは『春秋』のことであり、劉孔敬は経義を得手とし、劉孔敦は『方言』を著した揚雄[7]のように詩賦の才能に溢れていた。

次に劉孔敦の生年について『詹詹集』より考察してみる。僅か八歳で亡くなった愛娘を哀悼した「午日慟璇児」詩に「愧我蒲柳姿、偃蹇二十七（愧づらくは我が蒲柳の姿、偃蹇たる二十七）」とある。次章でも述べるが、劉孔敦は二十七歳という壮年期にありながら病弱であった。また別に「哭璇児」詩の題下注に「庚午（崇禎三年、一六三〇）春作」とあることから計算して、劉孔敦は万暦三十二年（一六〇四）の生まれであることがわかる。他に日時が特定される詩として、劉龍田への哀悼詩「哭父」がある。

日落椿庭鶴夢殘　日 椿庭に落ちて 鶴夢残り
烏聲淒切月光寒　烏声 凄切として 月光寒し
泉臺早已眞容隔　泉台 早已（すで）に真容を隔つも
人世難求續命丹　人世 続命丹を求め難し
百里何緣酬菽水　百里 何に縁りてか菽水に酬ひん
寸心無處效斑斕　寸心 斑斕に効（なら）ふ処無し
趨庭恍惚堯夫咏　趨庭 恍惚として堯夫を咏じ
淚洒枯枝血不乾　涙 枯枝に洒ぎ 血 乾かず

この詩は題下注に「乙丑作」とあり、劉龍田の没年（一六二五）に一致する。七句目の「堯夫」は「先君常喜讀邵康節詩（先君 常に邵康節詩を読むを喜ぶ）」と自注があるように、北宋の邵雍の字である。劉孔敦は孔子の息子の伯魚のように、父の教えに従い、『伊川撃壌集』などを読んで詩歌を学んでいた。『詹詹集』には劉孔敦の詩のみが収録されるが、その贈答詩から彼の交友関係が見える。劉孔敦が詩を贈答した人物を列挙する。

張雲若（鶚祥）[8]　鄧景南　呉翼登　邢展生　危旋卿　余天羽（応騰）

劉若臨（孔敬）　黄古侗　龔応円（居中）　徐鍾魯　陳翊九　方仲珩
林暇父　徐季衡　張百弓　魏抱白　黄宣之　馬因之
余爾錫（昌祚）　銭龍門（継登）

彼らの多くは伝未詳の人物であるが、「社兄」「先生」などの敬称を附けることから、多くは名士であろう。その他、仏門に入った者として、終南道人・周山人・雪上人・鄭居士・恒証上人・天頤居士・慱山大師の名も見える。彼らからの返歌は『詹詹集』にも収められておらず、既に散逸してしまっているが、明末の出版家は単なる職人ではなく、役人や僧侶などと幅広い交友を持っていたことがわかる。

『詹詹集』の作品の中で目を引くのは、「書林八景之一」という書林の風景を詠んだ詩が収められることである。恐らく劉孔敦は八首を全て作ったであろうが、『詹詹集』には二首しか収録されていない。その中の一つ「観岱障寒泉」詩を挙げる。

百道泉流景物妍　　百道の泉流　景物妍し（みめよし）
翠微烟細草芊芊　　翠微の烟　細く　草　芊芊たり
層巖倒澗青堪挹　　層巖　澗に倒れ　青　挹むに（くむに）堪へ
怪石懸空翠自纏　　怪石　空に懸かり　翠　自ら纏ふ
薄露散盡開錦繡　　薄露　散じ尽くし　錦繡を開き
晴霞凝弄薜蘿聯　　晴霞　凝りて　薜蘿の聯を弄す

誰家住在桃花塢　　誰家か桃花の塢に住在せん
疑是巫山別洞天　　疑ふらくは是れ巫山の別洞天かと

劉氏の書林は「層巌」「怪石」を設え、水の豊かな景勝地にあり、「薜蘿」「桃花塢」「巫山別洞天」と隠者や仙人世界を連想させる幻想的な所であった。このような地に書林を構えることができるのは、単に金銭的な裕福さを獲得していたからだけではなく、出版業が文化活動として社会的地位を確立していたからである。劉孔敦は兄のように官吏となって見知らぬ任地に赴くより、この地で文化的活動に勤しむことに決めたのだろう。劉孔敦が兄に送った詩として、「送若臨伯兄還朝崇安賦別（若臨伯兄　還朝するを送り、崇安にて賦別す）」が一首だけ収められる。

驛路斜陽隱　　駅路　斜陽　隠るれば
王程暫駐軺　　王程　暫く軺を駐めよ
回頭鄉國異　　頭を回らせば郷国　異なり
極目帝城超　　目を極むれば帝城　超ゆ
雁隊情離別　　雁隊　情は離別たりて
龍墀意獨饒　　龍墀　意は独だ饒かなるのみ
明朝大安道　　明朝　大安道
相望白雲遙　　相ひ望むに白雲　遥かなり

制作時期は不明であるが、恐らく劉孔敬が山西へ赴任する際に餞（はなむけ）とした作であろう。都へ帰っても故郷の福建を思い出して欲しいと、劉孔敦は故郷に対して誇りを持っていることが窺える。これは官僚の道に進む兄に対して、出版の道に進む弟からの別れの詩でもある。

第四節　出版をめぐる交友

前章に挙げた『詹詹集』に見られる人物群の一人、龔居中（字は応円）という人物は、劉孔敦と提携して書物を出版していた。次の四種には、彼ら両名の名が併記されている。

Ⅰ『重訂相宅造福全書』二巻　黄一鳳　纂著／龔居中　増補／劉孔敦　参訂
Ⅱ『太医院手授経験百効内科全書』八巻　龔居中　編輯／劉孔敦　参訂
Ⅲ『女科百効全書』四巻　龔居中　輯／劉孔敦　増補[9]
Ⅳ『新鐫桂允虞先生鑑定玉盤甘露』一巻　龔居中　纂輯／桂紹龍　鑑定／聶文麟等　参訂／劉孔敦等　較閲[10]

書名の意味する通り、Ⅰは宅地を風水などで占う指南書であり、Ⅱ・Ⅲは医学書、Ⅳは勧学書である。中でもⅠ『重訂相宅造福全書』（国立公文書館蔵）には崇禎二年（一六二九）の龔居中序があり、その成立過程とともに、彼らの交友の様子が窺える。

予居金陵十餘年、得親授峽中黄時鳴先生。先生以少年登進士。嘗謂不佞曰、「此宅法全書、因予卿有年高未嗣者、屢試輒驗。故重資求之、以度海内。」後予再取其書、細爲參之。……閩友若樸氏曰、「居宅而潰潰者多。再訂而梓之。令人家繩繩焉、隆隆焉、以獲此全福、皆君造也。寧直爲黄公之功臣也哉。」偶張君雲若見之。亦極稱宅法至是、洵爲盡善盡美。且咲語若樸氏曰、「人莫不安是宅也。何莫不由斯法也。」

予 金陵に居ること十余年、親ら峡中の黄時鳴（一鳳）先生より授くるを得たり。先生 少年を以て進士に登る。嘗て不佞に謂ひて曰く、「此の宅法全書、予の卿に年高なるも未だ嗣あらざる者、屢〻試みれば輒ち験すこと有るに因る。故に重資もてこれを求め、以て海内に度らしむ」と。後に予 再び其の書を取りて、細かに為にこれを参す。……閩友の若樸氏曰く、「宅に居るも潰潰たる者多し。再訂してこれを梓す。人家をして縄縄焉、隆隆焉として以て此の全福を獲らしむるは、皆 君の造するなり。寧ろ直だ黄公の功臣たるかな」と。偶〻張君雲若（鶚祥）これを見る。亦た極めて称すに宅法 是に至れり。洵に為に善を尽くし美を尽くせりと。且つ咲ひて若樸氏に語りて曰く、「人 是の宅に安んぜざる莫し。何ぞ斯の法に由らざる莫し」と。

龔居中の郷貫は金谿、すなわち撫州（江西）の人である。龔居中は嘗て金陵に十数年間滞在して、黄一鳳よりこの本を譲り受けた。その後、それを重訂した人物が劉孔敦であった。つまり、劉孔敦の名は金陵まで響き渡っており、『重訂相宅造福全書』はお互いに交友のある三者の合作であった。更にここには『詹詹集』の作成に関わったと思しい張鷴祥も登場する。

また、金陵の書肆である万巻楼の周如泉が出版した陳嘉謨『図像本草蒙筌』（国立公文書館蔵）にも劉孔敦は増補という形で参与している。しかしこれは福建本ではなく、その出版元は金陵の万巻楼であることにも注目したい。この書は、劉孔敦が関わった出版物の中では最も古く、崇禎元年（一六二八）の劉孔敦序に次のようにある。

余質鈍椎、長耽典籍、賦性羸弱、時讀『神農本草經』。究軒岐家言以自衛。毎閲先生方書、豁然有得若千古對談。恨不與之同時也。因見『蒙筌』一書、行世已久。板籍蒙壞、中間不無舛謬。余不忍其湮没、乃闕者補之、斷者續之、詳增精繕、付之剞劂。

余の質 鈍椎にして、長く典籍に耽り、賦性 羸弱にして、時に『神農本草経』を読む。軒岐の家言を究めて以て自衛す。先生の方書を閲する毎に、豁然として得るところ有ること千古に対談するが若し。恨むらくはこれと時を同じうせざるなり。因りて『蒙筌』の一書を見るに、世に行はるゝこと已に久し。板籍蒙壊し、中間 舛謬無きにあらず。余 其の湮没するを忍びず、乃ち闕く者 これを補ひ、断つ者 これを続ぎ、詳増精繕し、これを剞劂に付す。

すなわち、劉孔敦は生まれつき虚弱な体質であったために、『本草蒙筌』を作成したという。本章で挙げた書物はこの書を含めて、実用書として多くの読者のニーズがあったのは当然であろう。そればかりでなく、劉孔敦も自身の問題として医学に関心を抱いていた。先に挙げたⅢ『女科百効全書』はその書名から婦人科の医学書とわかる。前章で述べたとおり劉孔敦は愛娘を八歳で亡くしている。つまり、彼はこうした実用書を流布させることで積徳を試みたとも考えられよう。

では、兄の劉孔敬についてはどうであろうか。明末の福建本には類書と同様に四書の注釈書も少なくない。四書の解説書は無論科挙受験を想定した書物である。余応科『鐫銭曹両先生四書千百年眼』（国立公文書館・国立国会図書館・蓬左文庫蔵）には「参訂姓氏」として、その出版に携わった人名が列記される。その中の校訂社友として「劉　淇菉　孔敬」の名が挙がるだけでなく、『詹詹集』にも登場した銭継登や余応騰の名も見える。劉孔敬が出版に携わった書物は多くない[11]が、大木氏が「このあたりが、崇禎年間の受験界における著名人だった」と述べておられるとおり[12]、劉孔敬も科挙に及第した成功者として出版にその名が用いられた。

第五節　劉氏藜光堂諸本

『詹詹集』や劉氏が出版に携わった実用書の類は、公的な文化活動のほかに私的な側面も窺えた。しかもば、彼らの屋台骨を支える定番商品が必要である。そこで明末に流行した李攀龍『唐詩選』の出版を企図し、その余慶を蒙ろうとしたことは容易に想像がつく。実際、劉龍田は李攀龍『唐詩選』の類本を出版する。王重民『美国国会図書館蔵中国善本書目』に、「新刻銭太史評註李于鱗唐詩選玉　七巻　巻首一巻　五冊　一函　明万曆間刻本　十行十九字」の条目があり、その提要が示されている。

原題「濟南　李攀龍　于鱗甫　編選／常熟　錢謙益　受之　評註」。校以袁宏道本、内容大致相同。惟此本又較簡略耳。此本在袁本前、然此兩本之前、當更有一祖本、爲此兩本所從出。疑即唐汝詢・蔣一葵註解本也。此本巻末有「萬暦庚戌秋月　書林　劉龍田　鐫」牌記、龍田書坊名喬山堂。設在建陽之書林。是年春、謙益以第三名成進士、入翰林。而秋月刻書、即託之「錢太史」。又是年進士第一名爲韓敬、故又以序文託之。書林與館閣相呼應、其影響之捷快有如此者。

原(も)と「済南　李攀龍　于鱗甫　編選／常熟　銭謙益　受之　評註」と題す。校するに袁宏道本を以てせば、内容大致(おほむね)相ひ同じ。惟だ此の本　又た較(やや)簡略なるのみ。此の本　袁本の前に在るも、然るに此の両本の前、当に更に一祖本有りて、此の両本の従ひ出づる所と為るべし。疑ふらくは即ち唐汝詢・蒋一葵註解本なり。此の本の巻末に「萬暦庚戌（三十八年、一六一〇）秋月　書林　劉龍田　鐫」の牌記有り、龍田の書坊　喬山堂と名づく。設けて建陽の書林に在り。是の年の春、謙益　第三名を以て進士と成り、翰林に入る。而して秋月　書を刻し、即ちこれを「銭太史」に託す。又た是の年の進士　第一名は韓敬たり、故に又た序文を以てこれを託す。書林と館閣とは相ひ呼応し、其の影響の捷快なるに此くの如き者有り。

該書（以下『唐詩選玉』と略称する）が出版された年の状元の韓敬、探花の銭謙益の名は宣伝に極めて効果的であった。ここでいう「袁宏道本」とは『新刻李袁二先生精選唐詩訓解』、すなわち『唐詩訓解』を指す。『唐詩訓解』にも底本があり、唐汝詢『唐詩解』の評と蒋一葵の注が引用されている[13]。筆者はこの『唐詩選玉』を未見であるが、王氏によると『唐詩選玉』の内容も『唐詩訓解』とほぼ同じという。しかし、本屋が利潤を追求する場合、広告塔となる注釈者の名前のほうが内容よりも重視されたはずである。

さて、劉孔敦も父と同様に李攀龍『唐詩選』の類本出版に携わっている。『鍾伯敬評註唐詩選』は、古文辞派の李攀龍とは唐詩観を異にする竟陵派の鍾惺（字は伯敬）の注が附いた『唐詩選』である。これは、日本では国立公文書館[14]と東北大学狩野文庫に蔵され、中国でも遼寧・安徽・湖北の各省図書館に残存する。本書には刊記はないが、編著者名に「済南　李攀龍　于鱗　編選／竟陵　鍾惺　伯敬　評註／潭陽　劉孔敦　若樸批点」とあり、劉孔敦は書林や参訂者ではなく、批点家として表記されている。そのため、いずれの書目提要にもこの『鍾伯敬評註唐詩選』が福建劉氏刻本とは記されない。一般に『唐詩選』は初学者の入門書として知られているが、本来、評点文学史上でも重要な文献といえる。[15]蔣一葵箋註本以降、中国の李攀龍『唐詩選』には王穉登や孫鑛など、錚々たる人物が評点を附ける。従来の『唐詩選』研究では、どのような唐詩が収録されるかに議論が集まっていたが、各版本の評点箇所を比較し、明末清初の注釈者がどのように唐詩を評価したのかを再検討しなければなるまい。そこで、『鍾伯敬評註唐詩選』に劉孔敦が批点家として名を載せることは、極めて重要な情報である。改めて、親子ともに『唐詩選』出版に関わることは非常に興味深い。劉孔敦も父と同様、やはり商売の時機を窺って『唐詩選』を出版したのだろう。『鍾伯敬評註唐詩選』には刊記がなく、刊行年は不明であるが、劉孔敦が活躍した崇禎年間頃であると推測される。まさに鍾惺の竟陵派が明末の詩壇を席捲していた時期である。

ところで、劉孔敦が『鍾伯敬評註唐詩選』に批点を附けただけでなく、出版にも関わっていると思しい手掛かりとして、その書扉に「藜光堂蔵板」と記されている。この藜光堂とは、『三国志演義』及び『水滸伝』の版本を考察する上で屢々名の挙がる屋号である。そこで藜光堂本『三国志演義』『水滸伝』について、中川諭・丸山浩明両氏の提要を挙げる。[16]

『精鐫按鑑全像鼎峙三国志伝』二十巻

劉榮吾藜光閣刊。巻一～十一、巻十六～二十のみを存する。巻頭に「晉　平陽　陳壽　志傳／元　東原　羅貫中　演義／明　富沙　劉榮吾　梓行」と題する。首巻には「全像三國志傳目次」・「君臣姓氏附」・圖像半葉がある。「君臣姓氏附」の末尾に「藜光堂」・「英雄弐國」とある。また版心下方にところどころ「藜光閣」とある。この「藜光堂」ないし「藜光閣」は、劉修業氏が述べるごとく、8藜光樓本の藜光樓楠槐堂とは別の書肆であろう。（中川）

『鼎鐫全像水滸忠義志伝』二十五巻

東京大學總合圖書館藏。森鷗外舊藏本として知られる。裏打ちを施した全八冊（二帙）。二十五巻一百十五回（目録實回數は一百十四回）。封面は上半部に「忠義堂」の繡像があり、下半部に「全像忠／義水滸」を二行に分けて大書し、その間に「藜光堂藏板」とある。……編者は清源（福建泉州）の姚宗鎭、字は國藩、校訂者は武榮（福建泉州）の鄭國楊、字は文甫である。封面と合わせると刊行者は藜光堂主劉欽恩、字は榮吾ということになる。この劉榮吾については、同姓でもあり、富沙の劉興我と同一人もしくは關係の深い人物とも考えられるが、なお推測の域を出ない。（丸山）

すなわち、藜光堂とは富沙の劉榮吾の屋号であるが、それ以上のことは不明である。しかし余氏一族にも見られたように、当時の屋号は、一人が複数所有していたり、反対に一族で共有する場合もある。実は、『詹詹集』に「藜光堂小集林暇父徐季衡張百弓諸兄各分韻投贈因漫賦答（藜光堂の小集、林暇父・徐季衡・張百弓諸兄 各〻分韻し投贈す。因りて漫ろに賦答す）」という詩があり、藜光堂は劉榮吾だけの屋号ではなく劉孔敦も使用している。さすれば、劉氏の家譜に劉榮吾の名は見られなくとも、劉氏の一族である可能性は高い。また、劉榮吾の郷貫である富沙という地名について、嘗ての論争の中で福建説と広東説とに二分されたが[17]、藜光堂についての考察の結果、福建説を採るべきである。

ところで、劉龍田の出版業績の中にも『新鋟全像大字通俗演義三国志伝』二十巻がある。中川氏の比較によると、両書は花関索説話を含む二十巻簡本系諸本として近い系統に属する。また、『水滸伝』にも劉興我本『鼎鐫全像水滸忠義誌伝』二十五巻があり、劉興我も同じく劉姓として同族である可能性は否定できない。要するに、『唐詩選』『三国志演義』『水滸伝』という、今なお漢籍の認知度で上位を占める三書を劉氏一族が複数回出版していたことになる。当然ながら、全くの同版を刊行するよりも、それぞれ微妙に異なる版本のほうがその目新しさが際立ち、確実な顧客が確保できよう。

以上、福建書林劉氏について、主に劉孔敦が出版した書物を網羅し、多角的に考察してみた。明代は、概して粗悪な版本が多く、他の時代と比べて低い評価が下される。しかし、出版技術の進歩と共に出版が身近なものとなり、出版によって生計を立てることが可能になった時代でもある。その結果、人々は知識人（士）となるか、出版家（庶）となるかの職業選択の自由を獲得した。劉氏の場合、それぞれの個性を反映させて、兄の劉孔敬は科挙に及第し官吏として公的な立場から科挙関連の出版に携わり、弟の劉孔敦は出版業に携わる読書人として私的な立場から個人的な詩集や実用書を出版したのである。

第六節　『鍾伯敬評註唐詩選』について

第五節で取り上げた『鍾伯敬評註唐詩選』（以下鍾惺評註本と略称する）は鍾惺の名を騙った『唐詩選』注釈本である。鍾惺は李攀龍の古文辞派を鋭く批判したことで有名である。例えば、蔣一葵箋釈本の王昌齢「従軍行」其三の詩には王世貞の評が挙がる。

于鱗言唐人絶句、當以「秦時明月漢時關」壓巻。余始不信以少伯集中有極工妙者、既而思之。若落意解、當別有所取。若以有意無意、可解不可解間求之、不免此詩第一耳。

于鱗　唐人の絶句を言ふに、当に「秦時の明月　漢時の関」を以て圧巻とすべしと。余　始め信じざること少伯（王昌齢）集の中に極めて工妙なる者有るを以てするも、既にしてこれを思ふ。若し意解に落つれば、当に別に取る所有るべし。若し意有りや意無しや、解すべきや解すべからざるやの間を以てこれを求むれば、此詩を第一とするを免れざるのみ。

李攀龍は古文辞派の領袖であるにも関わらず、詩論を述べることは多くない。『唐詩選』の中で彼の考えが言及されている数少ない例である。しかし鍾惺の選による『唐詩帰』ではこの詩に次のような評を付ける。

詩但求其佳。不必問某首第一也。昔人問三百篇何句最佳。及十九首何句最佳。蓋亦興到之言。其稱某句佳者、各就其意之所感。非執此以盡全詩也。李于鱗乃以此首爲唐七言絶壓巻、固矣哉。無論其品第當否何如。茫茫一代絶句不啻萬首。乃必欲求一首作第一、則其胸中亦夢然矣。

詩は但だ其の佳きを求む。必ずしも某首を第一とするかを問はざるなり。昔人 三百篇を問ひて何れの句を最も佳く、十九首に及びて何れの句を最も佳きとせん。蓋し亦た興 之れ言に到る。其れ某句を佳きと称するは、各〻其の意の感ずる所に就く。此を執りて以て全詩を尽くすに非ず。李于鱗 乃ち此首を以て唐七言絶の圧巻と為すは、固なるかな。其の品第の当否何如を論ずる無かれ。茫茫たる一代の絶句 啻だに万首のみならず。乃ち必ず一首を求めて第一と作さんと欲せば、則ち其の胸中も亦た夢然なり。

これは明らかに『唐詩選』を意識した評である。そのため鍾惺評註本に『唐詩帰』の評を襲用しようとしても祖語が生じてしまう。しかし、偽書ゆえに歯牙にもかけずともよい訳ではなく、劉孔敦は彼の名を騙るためにいかなる細工をしたのか、またその意図を明らかにする必要がある。劉孔敦が三十歳上の鍾惺と面識があったかの記録はないが、当時、竟陵派の威風は福建まで及んでいたに違いない。

鍾惺評註本と名乗る上でも、鍾惺の序文が必要となる。『唐詩訓解』に袁宏道の序文を騙るのと同様である。書扉のすぐ後に付けられた鍾惺「唐詩選序」の全文を引用する。

明來作者如林。風雅之道於斯爲盛。則豈不誠響中宮商振金石哉。而余乃好李于鱗所爲詩特甚。意其爲人必魁梧奇偉、其志嘐嘐然。欲空千古也者、及誦其所選唐人詩、見謂少所與可而法無不備、多所擯棄而才無不致。蓋于鱗而爲擬議、寔速省于茲而變化之、成其幻境、無出此也。日新富有所自來矣。又豈竣讀于鱗書、然後見于鱗哉。旅邸無事、偶疏而評之。用爲麈助、好事者遂索而付之梓。余謂談詩如談禪、頓悟者得之言詮之外、而一切見解、即未嘗不説不二法門、無外也。又如觀畫、賞鑒者求之氣韻之真、而聞眼品題、即未嘗不稱解衣盤礴、無外也。則可解不可解者、詩之道也。令徒取人人所共見共聞、以而增益其所本有本具是無。乃詩之癭而爲响者于鱗所棄。髦乎余媿已。

竟陵　鍾惺　題

実は、これは万暦二十一年序『唐詩選』（蔣一葵箋釈本）に付された蔣一葵「唐詩選跋」と同じ文章である。ただし、蔣跋の冒頭は「入我明來作者如林……」と始まる。この二字が削除された理由は極めて明快であり、蔣跋では「明」という王朝名を改行をして抬頭している（下図）。これを転写した鍾序は第一行目を欠落したに過ぎない[18]。

　鍾惺評註本の本文と注は蔣一葵箋釈本と同じであり、これを底本としていると思われる。しかし、蔣一葵箋釈本は南宋以降の注釈者の名が散見する。その中に「春甫兄」という人物がおり、鍾惺評註本で

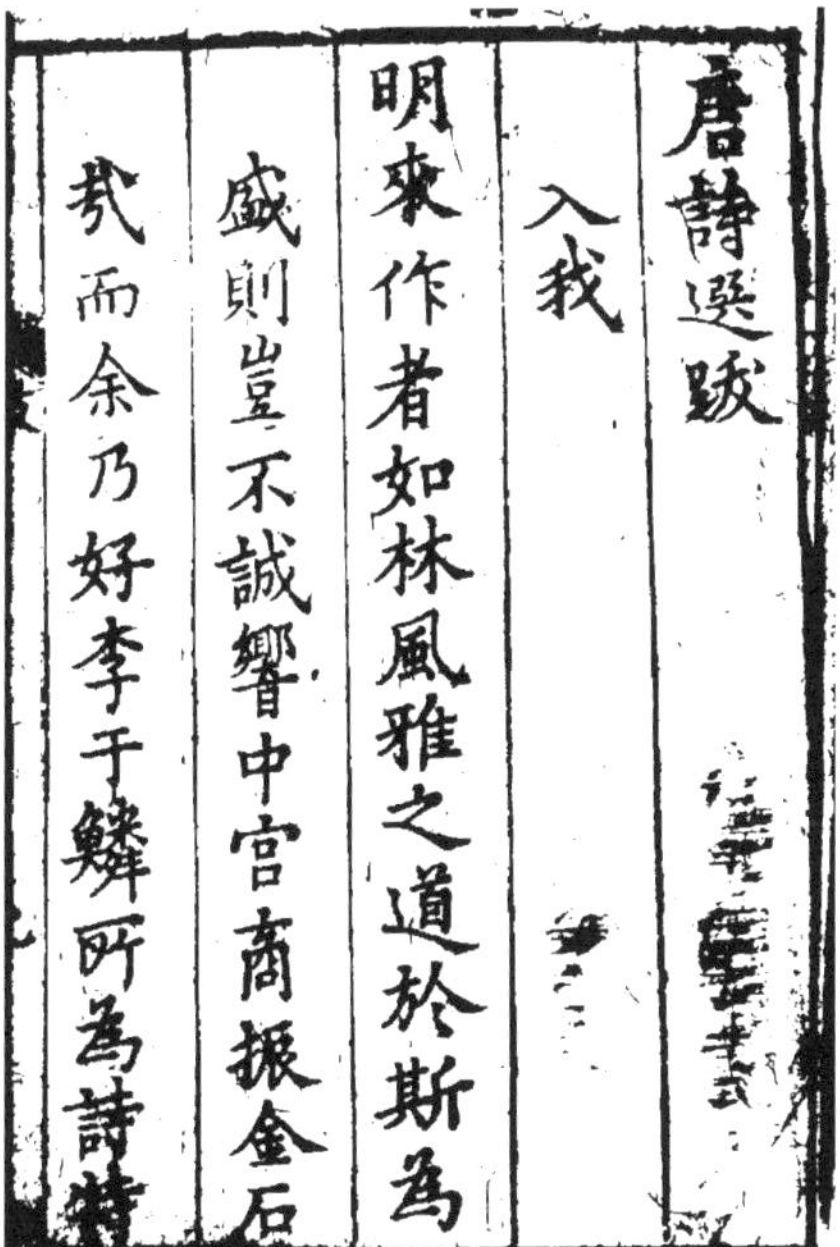
唐詩選跋
入我
明來作者如林風雅之道於斯為
盛則豈不誠響中宮商振金石
哉而余乃好李于鱗所為詩特

も同様に表記される。しかしこの人物は蔣一葵の兄であり、鍾惺評註本が見識無くそのまま転記したことが判る。[19]

さて、鍾伯敬評註本の特徴は「潭陽　劉孔敦　若樸　批点」とあるように劉孔敦の評点が加えられていることである。その評点の箇所を比較すると、『唐詩帰』より『古今詩刪』に近いが、劉孔敦の唐詩観が表出されていると考えてよいだろう。その中には鍾惺『唐詩帰』の唐詩観に同意している箇所も見られる。

例えば王維「和太常韋主簿五郎温泉寓目」詩に対して、

篇次句選之。却不曾深厚渾雅。

篇次　句もてこれを選す。却つて曾て深厚渾雅せず。

と眉注がある。ここでいう句とは「秦川一半夕陽開」句を指し、ここが好いので選んだというのは鍾惺『唐詩帰』と同じである。[20]また、鍾惺評註本の李頎「贈盧五旧居」詩の眉注に、

此首好、人反不稱。大要近人選七言律以假氣格掩真才情。

此の首好けれども、人　反つて称せず。大要(おほよそ)近人七言律を選ぶに仮の気格を以て真の才情を掩ふ。

とある。ここの「近人」とは李攀龍を指すのは明らかであり、「仮の気格」とは李攀龍の標榜した「格調」のことである。ちなみに鍾惺評註本はこの詩の頷聯「窓前緑竹生空地、門外青山似舊時（窓前の緑竹　空地

に生じ、門外の青山 旧時に似たり）」と結句「歳歳花開知為誰（歳歳花開くは 知んぬ誰が為ぞ）」に評点を付ける。また崔顥「行経華陰」詩に、

李于鱗論七律獨推王李。如此作當不在温泉寓目下。

李于鱗 七律を論ずるに独り王李を推す。此の作の如きは当に温泉寓目の下に在らざるべし。

とある。これは李攀龍の「唐詩選序」に「七言律體、諸家所難、王維・李頎頗臻其妙（七言律体は、諸家の難しとする所なりて、王維・李頎 頗る其の妙に臻（いた）る）」を意識して、先に挙げた王維「和太常韋主簿五郎温泉寓目」詩よりも上だと評価し、劉孔敦は李攀龍の唐詩観に賛同せず、自身の意見を前面に出している。

更に宋之問「和姚給事寓直之作」詩に至っては、

唐云、此等語七子所尚。今人無不捧腹。

唐云ふ、此等の語 七子の尚（たっと）しとする所なり。今人 捧腹せざる無しと。

とある。唐が何者かは不明であるが、明らかに『唐詩選』及び李攀龍以下古文辞派への批判である。この詩は韋承慶が朝廷に出仕した時に詠じた詩に宋之問が唱和したものであるが、典故を凝縮し、作者の抒情を排除した如何にも擬古派が好みそうな初唐詩である。

かくして、劉孔敦は出版家であるも、唐詩に対する造詣が深い人物であった。そのため、鍾惺の名を冠し

た『唐詩選』を出版するに際して、自分の唐詩観をも盛り込もうとした。むしろ劉孔敦も鍾惺ら竟陵派の趨勢に与していたといえよう。そのため、唐詩集の中で選者を批判する姿勢が見られる極めて特異な『唐詩選』である。劉孔敦は唐詩集を出版する際に選んだテクストは、『唐詩帰』三十六巻だと到底手軽に読めるものではなく、簡便さにおいて『唐詩選』を凌駕するものが無かったのである。

(1) 明末の出版家について、大木康「山人陳継儒とその出版活動」(『山根幸夫教授退休記念　明代史論争』汲古書院　一九九〇年所収)や同『明清文学の人びと』(創文社　二〇〇八年)などの一連の研究を参照。

(2) 余象斗研究には、肖東発「建陽余氏刻書考略(上)(中)(下)」(『文献』第二十一～二十三輯　一九八四～八五年)、同「明代小説家・刻書家余象斗」(『明清小説論叢』第四輯　一九八六年)をはじめとして、丸山浩明「余象斗本考略」(『二松学舎大学人文論叢』第五十輯記念号　一九九三年、のち『明清章回小説研究』汲古書院　二〇〇三年に再録)、官桂銓「明代小説家余象斗及余氏刻小説戯曲」(『文学遺産増刊』第十五輯　一九八三年)などがある。

(3) 劉氏一族に関する専論に、方彦寿「建陽劉氏刻書考(上)(下)」(『文献』第三十六～三十七期　一九八八年)がある。方氏は、劉氏一族の族譜として光緒六年(一八八〇)重修『劉氏族譜』と民国九年(一九二〇)重修『貞房劉氏宗譜』を挙げる。

(4) 南宋福建の学界状況は、小島毅「福建南部の名族と朱子学の普及」（『宋代史研究会研究報告第四集　宋代の知識人』汲古書院　一九九三年所収）などを参照。

(5) 『山西通志』には「山西按察司副使」と表記される。ここでは劉龍田の贈官（戸部清吏司）に鑑みて、『建陽県志』「選挙」の職官名に従う。

(6) ちなみに、『詹詹集』によると張鶚祥の書斎名は種字園（もしくは種字居）である。

(7) 劉歆「与揚雄書従取方言」に「非子雲澹雅之才、沈鬱之思、不經年鋭精、以成此書、良爲勤矣」とある。

(8) 張鶚祥は「詹詹集序」の中で「豫章盟社弟張鶚祥雲若父」と自称する。

(9) 筆者はその所在を確認していないが、厳世芸『中国医籍通考』巻三（上海中医学院出版社　一九九二年）に康熙六年（一六六七）の劉孔敦序が収録されている。

(10) 『名古屋市蓬左文庫漢籍分類目録』によると、「寛永十二年買本」とある。寛永十二年（一六三五）は、崇禎八年にあたる。劉孔敦の出版活動時期も崇禎年間であり、刊行された直後に徳川義直の手に渡った事がわかる。前田家所蔵の尊経閣文庫本『詹詹集』もほぼ同時期に日本に将来したと思しい。

(11) 劉孔敬の名が記される書物に、『春秋集伝大全』三十七巻や『夢松軒訂正綱鑑玉衡』七十二巻がある。いずれも受験参考書であり、『麟経』によって及第した劉孔敬の特性が反映されている。

(12) 大木康『明末江南の出版文化』（研文出版　二〇〇四年）参照。

(13) 本書第二章「明末福建における『唐詩選』類本の営利出版」参照。

(14) 国立公文書館本は巻七欠。

(15) 査屏球「〝李攀龍《唐詩選》〟評点本考索」（章培恒・王靖宇『中国文学評点研究論集』上海古籍出版社　二一

〇〇二年所収）参照。また、孫琴安『中国評点文学史』（上海社会科学院出版社　一九九九年）によると、李攀龍は明代における詞の評点家として評価されている。

(16) 主な『三国志演義』版本研究として中川諭『『三国志演義』版本の研究』（汲古書院　一九九八年）、『水滸伝』版本研究として丸山浩明「水滸伝簡本浅深―劉興我本・藜光堂本をめぐって―」（『日本中国学会報』第四十集　一九八八年、後に『明清章回小説研究』汲古書院　二〇〇三年に再録）をそれぞれ参照した。

(17) 福建説には劉修業（『古典小説戯曲叢考』作家出版社　一九五八年）・官桂銓（「『水滸伝』的藜光堂本与劉興我本及其他」『文献』第十一輯期　一九八二年）、広東説には薄井恭一（『明清挿図本図録』薄井君入営記念会　一九四二年）・柳存仁（『倫敦所見中国小説書目提要』龍門出版社　一九六七年）諸氏の説がある。

(18) このことは、既に前野直彬「唐詩選の底本について」（『書誌学』復刊新四号　一九六六年）に指摘がある。

(19) 蔣一葵『堯山堂外紀』に附された「堯山堂外紀顛末」に「余纔六齢、家兄春甫亦僅十齢爾已」とある。

(20) 『唐詩帰』巻九には「鍾云、爲〝一半夕陽開〟五字選之。要知此等詩、却不曾深厚不曾渾雅」とある。

第四章　清初における『唐詩選』注本の刊行
――呉呉山注『唐詩選』について――

第一節　はじめに

明末清初は、『杜工部集箋註』を著した銭謙益（一五八二～一六六四）や『李義山詩註』を著した朱鶴齢（一六〇六～一六八三）など、優れた詩注を施した人物を輩出した時代でもある。李攀龍の編とされる『唐詩選』にも、蔣一葵や鍾惺といった著名な注釈者の名を冠した明刊本が多数存在した。これは、近世日本において嵩山房・小林新兵衛の手により大流行した『唐詩選』が、袖珍読本、もしくは暗誦用教材として、所謂無注本であった[(1)]ことと対照的である。清朝乾隆期の『四庫提要』によって偽書と断じられて以降の『唐詩選』の末路は周知の如くであるが、明代から清初に至るまで郷塾でも広く用いられた『唐詩選』注釈の変容について、これまで十分に論じられてきたとは言い難い。政治的、文学的にも激動の時代であった康熙年間に呉呉山附注『唐詩選』七巻（以下、呉呉山注本と略称する）[(2)]が江南地方から刊行されたことは、『唐詩選』刊刻の変遷を考察する上でも重要な意義を持つ。この呉呉山注本は、単なる唐詩概説書に止まらず、清初の出版事情までも穿鑿しうる稀有な書物であると筆者は考える。当時の江南知識人は、呉敬梓『儒林外史』にも描かれているように、科挙試合格による仕官以外に出版業という新たな生活手段を見出したが[3]、この呉呉山という注釈者も、同様に出版を生業(なりわい)としていたと思しい。当時、出版流通に携わることが名声と実利を同時に獲得する手段の一つであり、印刷技術の進歩が商業出版を促進していったことを示す一証左となろう。

本章は、従来深く論じられることが無かった呉呉山注本に焦点を当て、清初における唐詩受容について、『唐詩選』の果たした役割を検討するものである。呉呉山注本と蒋一葵箋釈本とを比較検証することで、明末から清初に至る『唐詩選』に対する注釈態度の相違と、その受容史の一端が窺われる。また、呉呉山注本の記述に見られる人物群と編者・呉呉山との関係から、江南を中心とした当時の出版文化事業の実態の一斑を明らかにしようとするものである。

第二節　呉儀一（呉山）小伝

呉呉山、本名は呉儀一（一六四七～？）、字は舒鳧、又は瑹符。本貫は銭塘（現在の杭州市）。号は呉山のほか、逸、芝隝居士とも称した。呉儀一の伝記について、『杭州府志』（一九二二年鉛印本）巻一百四十五に次のようにある。

髫年入太學、名滿都下。四部書、一覽成誦。奉天府丞姜希轍重其才、延幕中。徧歷邊塞、所造益工、又長塡詞。檢討陳維崧・尚書王士禛、皆篤賞之。

髫年にして太学に入り、名は都下に満つ。四部の書、一たび覧れば誦を成す。奉天府丞姜希轍 其の才を重んじ、幕中に延く。辺塞を徧歴し、造る所益〻工にして、又塡詞に長ず。検討陳維崧・尚書王士禛、皆 これを篤賞す。

呉儀一は十五歳にして国子監に学び、書物を読めばたちどころに暗唱できる俊秀であった。その早熟の才能は、生後五ヶ月にして既に言葉を発し、九歳にして十三経を読み終えたと伝えられる。[4] 康熙十七年（一六七八）、姜希轍が奉天府に赴任する際、呉儀一はその幕下に招かれた。爾後、呉儀一は姜希轍の下を離れると、北京・徐州・宿州を歴訪し、この間に王士禛や陳維崧といった清初を代表する大詩人らと交流を持ち、彼らの高い評価を受けた。康熙三十三年（一六九四）以後、銭塘に帰郷し[5]、専ら出版活動に勤しむ。呉呉山注本の「附注序論」[6]の末尾に「呉山老人逸題」と記されており、同書が刻された時期も、この銭塘（＝呉山）帰郷以降の晩年期であろうと推測できる。[7] 妻の陳同・談則・銭宜が評注を施した『呉呉山三婦合評還魂記』や『呉呉山三婦合評西廂記』、更に洪昇『長生殿』に対する評論等にて呉儀一の名は知られる。しかし次に挙げる呉衡照『蓮子居詞話』（一八一八年序刊）巻三[8]に拠ると、呉儀一は戯曲よりむしろ塡詞や詩文に巧みであったことが判る。

王阮亭詩、稗畦樂府紫珊詩、更有呉山絶妙詞。此是西泠三子者、老夫無日不相思。呉舒鳧、名儀一、字瑹符、錢塘人。著呉山草堂詞。松窗筆乘云、當時魏叔子古文負重望、舒鳧獨面折之。謂規友箚婢細故也而曰、省刑書、刺刺千餘言不已、失事之權衡。論岳鄂王事而曰、宜鑄高宗像、跪於墓、乘君臣之義。用

> 字如以肱觸其背、類非史家法。座客以爲狂、叔子獨歎服也。然則舒鳧又能爲古文者與。
>
> 王阮亭（士禛）の詩に、「稗畦（洪昇）の楽府　紫珊（徐逢吉）の詩、更に呉山の絶妙たる詞有り。此是れ西泠三子なる者にして、老夫　日として相ひ思はざるは無し」と。呉舒鳧、名は儀一、字は瑹符、銭塘の人。『呉山草堂詞』を著す。『松窓筆乗』に云ふ、「当時　魏叔子（禧）の古文は重望を負ふも、舒鳧　独りこれを面折す。友を規り婢を笞つは細故なるを謂ひて曰く、省刑の書（『魏叔子文集』巻五「与友人論省刑書」）、刺刺として千余の言　已まずして、事の権衡を失へりと。岳鄂王（飛）の事を論じて曰く、宜しく高宗の像を鋳し、墓に跪かせ、君臣の義に乗ずべし。用字　肱を以て其の背に触るるが如く、類ね史家の法に非ずと。座客以て狂と為すも、叔子　独り歎服せり」と。然らずんば則ち舒鳧　又能く古文を為す者なるか。

即ち、呉儀一は王士禛によって、洪昇・徐逢吉と共に「西泠三子」と併称された。魏禧は「与友人論省刑書（友人に与へて省刑を論ずる書）」の中で、友人が仏道に傾倒しながらも奴婢を鞭打って罰することを指摘し、『漢書』刑法志や経書を引用して減刑することを友人に薦めた。呉儀一はこの手紙について、多弁にして物事の軽重を喪失した文章だと批判する。当時、魏禧は明代古文派を継承する高名な文人であったが、むしろ呉儀一は欧陽脩や王安石の本格的な古文や杜甫の詩風を規範とし(9)、自説を枉げてまで時流に阿るようなことはなかった。このような態度に魏禧は賛嘆したという。

以上の点から見ても、呉儀一は酒を嗜み、酔えば魏禧を批判した如く人を口撃するも、学識は高く、布衣の人ながら単なる刻書家に止まらない、江南知識人の典型であったことが判る。

第三節　呉呉山注『唐詩選』と蔣一葵箋釈『唐詩選』

呉呉山注本の特徴について、「附注序論」には次のように記す。

> 蔣氏仲舒嘗注李選、並有附詩。僕假日、參之唐氏仲言解、重述原本、附注焉。
>
> 蔣氏仲舒（一葵）嘗て李（攀龍）『（唐詩）選』に注し、並びに附詩有り。僕（呉儀一）仮日、これを唐氏仲言（汝詢）の『（唐詩）解』に参し、原本を重述し、注を附す。

即ち、呉呉山注本は、呉儀一が蔣一葵箋釈本を基に、唐汝詢の『唐詩解』を参照しつつ、新たに注を施した『唐詩選』注釈本であると喧伝する。『唐詩解』は、全五十巻、百九十四家による千五百四十六首を収録する唐詩選集であり、『四庫提要』に拠ると、その内容は李攀龍『唐詩選』と高棅『唐詩正声』の二書を合わせた選集とある[10]が、編者の優れた箋釈が加えられており、明代の唐詩選注の中では高い評価が与えられる。概ね明代の唐詩選集は、採録詩の校勘に杜撰であるとされるが、明末江南において、『唐詩解』という優れた選注が出現したことは、既刊の『唐詩選』校訂の必要を促すものであった。これが呉呉山注本の出版動機と考えられる。

然らば、呉呉山注本は、如何なる点で蔣一葵箋釈本よりも新しいのであろうか。呉呉山注本では「舊注」「舊本」「舊刻」「俗本」「刻本」といった表現を用いて、蔣一葵箋釈本及び他の明刊本『唐詩選』とを明確に区別する。具体例として以下に二例を挙げ、呉呉山注本と蔣一葵箋釈本の注釈を併記してその違いを示して

おきたい。(11)

①赤土流星剣　　赤土　流星の剣
烏號明月弓　　烏号　明月の弓
（巻四、楊炯「送劉校書従軍」詩）

〔蔣注〕黄帝鑄鼎於荊山。鼎成、有龍垂胡髯、下迎黄帝。黄帝上騎、羣臣悉持龍髯。龍髯拔墮、墮黄帝之弓、百姓乃抱其弓與胡髯號。故後世因名其處曰鼎湖、其弓曰烏號。
黄帝　鼎を荊山に鋳す。鼎成りて、龍の胡髯を垂れ、下りて黄帝を迎ふる有り。黄帝上騎し、群臣　悉く龍髯を持す。龍髯抜け堕ち、黄帝の弓を堕とす。百姓乃ち其の弓と胡髯とを抱きて号す。故に後世因りて其の処に名づけて鼎湖と曰ひ、其の弓を烏号と曰ふ。

〔呉注〕舊注引封禪書、黄帝鼎成、騎龍去。小臣攀龍髯拔、墮黄帝之弓。百姓抱弓號。名曰烏號。按此説與烏字無涉、故不取。
旧注に封禅書の、「黄帝　鼎成りて、龍に騎りて去る。小臣　龍髯を攀きて抜き、黄帝の弓を堕とす。百姓　弓を抱きて号す。名づけて烏号と曰ふ」とあるを引く。按ずるに此の説「烏」字と渉る無し、故に取らず。

この詩は劉校書が辺境の地に出征する際、その送別に当たって詠じられた詩である。この二句は軍営の門に集結した閲兵の様子を指す。ここで問題とする「烏号の弓」には二説ある。蔣一葵箋釈本は『史記』封禅書に見える次の故事を取る。黄帝が荊山に登り宝鼎を鋳造した時、龍が降りてきた。そこで黄帝は龍に跨り、臣下と女官七十名ばかりを従えて天に昇ろうとしたため、残された臣下が龍の鬚に掴まろうとすると、龍の鬚は抜け落ち、黄帝の弓も堕ちてしまった。そこで人々は龍の鬚と弓とを抱きかかえて慟哭し、その弓を「烏号」と名付けたという。一方『淮南子』原道訓では、頑丈な桑柘の梢に止まったカラスが飛ぼうとするも、枝が撓んで飛べず、号呼した。その桑柘の枝を切って作られた名弓のことを「烏号」と呼ぶ[12]。この「烏」字について、前者は「咽び泣く」の意味、後者は「カラス」の意味になる。そこで再度①の詩句を見ると、それは参列する兵士が武装した弓に対する描写であり、蔣一葵箋釈本の如く黄帝の故事を挙げるのが適切とは言い難い。一方、呉呉山注本では「無渉、故不取」として、判断を保留し、慎重な注釈態度をとる。

②夢水河邊秋草合　　夢水河辺　秋草合し
黒山峰外陣雲開　　黒山峰外　陣雲開く

（巻七、「水鼓子第一曲」）

〔蔣注〕夢水黒山、並在肅州衞北、沙漠中。
「夢水」「黒山」は、並びに粛州衛の北、沙漠の中に在り。
〔呉注〕夢水河無考。蔣注以爲在肅州衞、未知所據。
「夢水河」考する無し。「蔣注」以て粛州衛に在りと為すも、未だ拠る所を知らず。

題に「水鼓子第一曲」とあるが、同名の歌曲は『楽府詩集』には一首のみ収められ、第二曲以下は残存しない。詩の内容は、狩猟に出た辺塞の守備兵が陣に戻る様子を詠じたものである。蔣一葵箋釈本にいう粛州とは現在の甘粛省酒泉県を指す。しかし呉呉山注本の通り、粛州には黒山という名の山はあるが、夢水という河は無い。呉呉山注本は『唐詩解』巻三十に載せる「水鼓子」の評解をそのまま襲用する。これは本節冒頭に挙げた「附注序論」に則した注釈態度であり、呉呉山注本は『唐詩解』を通じて、蔣一葵箋釈本の誤りを正していることが判る。附言するに、蔣一葵箋釈本及び他の『唐詩選』では、この「水鼓子」の他、「水調歌」「涼州歌」の三首を全て張子容の作とする。これは従来言われているように誤りである[13]。呉呉山注本は「古楽府」とだけ記して、『唐詩解』と同じく無名氏の作と見做す[14]。

以上のように、呉呉山注本には恣意的且つ杜撰な「旧注」に対して、綿密な検証を行なおうとする姿勢が看取できる。この「旧注」が既刊の『唐詩選』の中でも、蔣一葵箋釈本を指すことは明白であろう。

また呉呉山注本の大きな特徴の一つに収録詩数の相違がある。蔣一葵箋釈本や他の明刊本、及びそれらに基づいた和刻本は総詩数四百六十五首であるが、呉呉山注本では本録詩が四百六十首（附録詩百四十一首）と異なる。この収録詩数の増減は、呉儀一による五首の刪削の意図[15]と、先人の評注を推断する上で必要な附録詩の増補が反映される。

第四節　呉呉山とその周辺人物

呉呉山注本と蔣一葵箋釈本には、詩注以外に、先人の詩評が点綴される。その詩評は唐・殷璠『河嶽英霊集』から、明末清初の詩話にまで及ぶ。両者を比較すると、呉呉山注本は原則として一首につき一詩評以上を付さないが、蔣一葵箋釈本はそのような制限を設けず、優れた詩評であれば列記することを厭わない。無論、その総数は呉呉山注本二十九家八十三例、蔣一葵箋釈本五十家二百九十六例と呉呉山注本のほうが少ない。刊行物としての利便性を鑑みると、呉呉山注本のほうがより簡略な装幀に移行していることが判る。

本節では、呉呉山注本にのみ発言が引用された人物について検証する。彼らは全て清初の人であるため、明刊本・蔣一葵箋釈本に現れないのは当然であるが、結論から述べると、実は注釈者の呉儀一と非常に近しい人物群であり、二つの共通点が見受けられる。一つは布衣の人、或いは明の遺民であるため、経済力に乏しい中で出版業に従事していた点。もう一つは毛先舒を師と仰ぐという点である。特に呉儀一の眷属もまた毛先舒と少なからず関わりを持つ。ここで筆者は呉呉山注本の詩評と、同じく呉儀一の刊行した『呉呉山三婦合評還魂記』の序跋文から、それぞれ呉儀一と特に関連のある人物を三人、以下に挙げる。こうした注釈者＝呉儀一と注釈に登場する人物群との極めて密接な関係は呉呉山注本の際立った特徴である。

③分野中峰變　　分野　中峰に変じ
陰晴衆壑殊　　陰晴　衆壑に殊なれり
（巻三、王維「終南山」詩）

〔呉評〕洪昉思云、分野分、當讀去聲、與陰晴對。予謂分字可實可虛。即讀平聲、星之分、土之野。何嘗不平對陰晴耶。

洪昉思（昇）云ふに、「分野」の「分」は、当に去声に読み、「陰晴」と対なるべしと。予　謂ふに「分」字は実とすべきや、虚とすべきや。即ち平声に読まば、星の「分」、土の「野」なり。何ぞ嘗て「陰晴」に平対ならざらんやと。

「予」とは呉儀一のこと、つまりこの文句は他書からの引用ではなく、呉儀一と洪昇の会話の一部であり、「分」字を如何に読むかを議論する。洪昇は「分」字を去声で読み、平仄上「分野」と「陰晴」が対になると論じるが、呉儀一は意味の上から「分」字を上平にして、「分野」とする。呉呉山注本が拠った韻書とされる毛奇齢『古今通韻』[16]で確認すると、洪昇の如く「分」字が去声十三問韻であれば「限量也。又荀子、分分兮其有終始也（限量なり。又た荀子に、分分として其れ終始る有なりと）」[17]と動詞として用いられる。一方、上平声十二文韻では、「判也。與也。又賦也。又一黍之廣爲一分（判なり。与なり。又た賦なり。又た一黍の広きを一分と為す）」とあり、度量衡の単位としても用いられる。そもそも「星の分、土の野」とは『周礼』春官「保章氏」に「以星土辨九州之地、所封封域、皆有分星、以觀妖祥（星土を以て九州の地を辨ず、封ずる所の封域、皆分星有り、以て妖祥を観る）」とあり、『史記』天官書の如く、二十八宿星を十二の諸国の封地に配当して表すことを指す。さて、③の詩句では、終南山は北方が東井・輿鬼（雍州）、南方が翼・軫（荊州）に属し、一峰だけで分野を異にして数州に亘る壮大さであると解釈される。以上の点から、呉儀一は「分野」とする。

洪昇（一六四五〜一七〇四）、字は昉思、号は稗畦。呉儀一と同じく銭塘の人。『呉呉山三婦合評還魂記』では、洪之則の記す跋文に次のようにある。

呉與予家爲通門。呉山四叔、又父之執也。予故少小、以叔事之、未嘗避匿。憶六齡時、僑寄京華。四叔假舍焉。

呉と予家とは通門たり。呉山四叔（呉儀一）、又父（洪昇）の執なり。予（洪之則）は少小の故に、叔を以てこれに事へ、未だ嘗て避匿せず。憶へらく六齢の時、京華に僑寄す。四叔焉に舎を仮る。

洪之則は洪昇の娘である。洪昇が北京に滞在していた時、呉儀一は彼の所に仮寓していた。洪昇の繫年[18]に拠れば、洪之則六歳の時は康熙十九年（一六八〇）に当たる。これは、前述した呉儀一が華北を遊歴していた時期と重なる。また洪昇は、王士禛や施閏章に師事し、趙執信らとも交流があった[19]。これは前に検証した呉儀一の伝記と照らし合わせると、呉儀一と洪昇は同じ経験を共有しており、二人が非常に親密であったことが判る。また洪昇の詩集には、呉儀一に寄せた詩が多数収められる[20]。

④盧家少婦鬱金堂　　盧家の少婦　鬱金堂
海燕雙棲玳瑁梁　　海燕双び棲む　玳瑁梁

（巻五、沈佺期「古意」詩）

〔呉評〕憶同談則讀此詩、疑問曰、此用梁武歌謂盧家少婦有鬱金香耳。若改爲堂、則鬱金小草、豈能爲堂、抑堂專貯鬱金而名之耶。予謂汝説亦佳。但梁武歌言桂爲梁、乃實事。此云玳瑁梁特畫其文耳。玳瑁非可爲梁、而稱玳瑁梁、則堂有鬱金、而稱鬱金堂、亦無不可。

憶へらく談則と同に此の詩を読むに、疑ひ問ひて曰く、此れ梁武の歌（梁武帝蕭衍「河中之水歌」）

の「盧家の少婦　鬱金香有り」と謂へるを用ふるのみ。若し改めて堂と為さば、則ち鬱金は小草にして、豈に能く堂と為らんや、抑たは堂に専ら鬱金を貯へてこれに名づくるやと。予　謂ふに汝が説も亦た佳しと。但だ梁武の歌「桂を梁と為す」と言ふは、乃ち実事なり。此に玳瑁の梁と云ふは特だ其の文を画けるのみ。玳瑁は梁と為すべきに非ずして、玳瑁の梁と称せば、則ち堂に鬱金有り、而して鬱金堂と称するも、亦た可ならざる無からんや。

即ち、談則が沈佺期「古意」詩を読んで、「鬱金の堂とは、梁武帝の「河中之水歌」の〝盧家蘭室桂爲梁、中有鬱金蘇合香（盧家の蘭室　桂を梁と為す、中に鬱金　蘇合の香有り）〟を踏まえ、鬱金で出来た堂ではなく、堂に貯蓄した鬱金が香ってくることを指すため、鬱金の堂と称するのは不適当ではないか」と呉儀一に訊ねたところ、「あなたの説は正しいが、玳瑁の梁と呼ぶのも玳瑁で出来た梁ではなく、桂で出来た梁に玳瑁の模様が描かれていることを指すため、堂の中に鬱金があれば、鬱金の堂と呼ぶのも誤りではない」と呉儀一は答える。当時、別集では『沈佺期集』や『沈雲卿集』、総集では『唐詩類苑』『古今詩刪』『唐詩訓解』『唐詩解』などの明版において、同句を「盧家少婦鬱金香」に作るものがあった。そのため、『全唐詩』などに「一作香」とするものもあるが、明版でも『鍾伯敬評注唐詩選』に至っては「堂」に作るも「堂、非」と傍注があり、後の沈徳潜『唐詩別裁集』も「別本作堂者非」と注し、「堂」字を明確に否定する意見がある。

ここに言及する談則（?～一六七五）とは、字は守中、呉儀一の妻である。つまり、この部分は夫婦の会話を記録した極めて私的な詩評である。談則については、唯一『呉呉山三婦合評還魂記』序文に彼女の伝を見ることができる。

已取清溪談氏女則。雅耽文墨、鏡奩之側、必安書篋。見同所評、愛翫不能釋。人試令背誦、都不差一字。
假日、仿同意補評下巻。其杪芒微會、若出一手。弗辨誰同誰則。

已に清渓の談氏の女　則を取る。雅に文墨に耽り、鏡奩の側に、必ず書篋を安んず。（陳）同の評する所を見るに、愛玩して釈く能はず。人（呉儀一）試みに背誦せしむるに、都て一字も差はず。仮日、（陳）同の意に仿ひて下巻を補評す。其れ杪芒微会、一手に出づるがごとし。誰か（陳）同なるや、誰か（談）則なるやを辨ぜず。

即ち、呉儀一は十九歳の時、妻・陳同と死別した後、談則を娶った。読書家であった談則は、陳同が評注をつけた『還魂記』を愛読し、その内容を暗誦するほどであった。しかし陳同の評注は未完であり、談則が下巻を補足したところ、陳同と同等の出来映えであり、恰も一人で行なったかのようであったという。談則も呉儀一が二十九歳の時に逝世したため、④の詩評は呉儀一自身の述懐である。呉呉山注本が完成した頃、談則は既に故人となっていたことは「憶」字からも推測できる。また、呉儀一と談則は鬱金堂の呼称について、実と虚という修辞を用いて論じており、こうした虚実論は先の洪昇との会話にも見受けられる。当時、虚と実の相関関係については、詩に限らず戯曲の分野でも重要な主題であった。(21)呉儀一の妻たちが夢と現実の交錯を描く『還魂記』に夢中になったのは作品の面白さとこの虚実関係の深淵さを追求するためであり、この見解は③④の如く呉呉山注本の詩評にまで反映される。

⑤龍池躍龍龍已飛　　龍池　龍を躍らせて　龍　已に飛べり

龍徳先天天不違　　龍徳　天に先て　天違はず
池開天漢分黄道　　池は天漢を開いて黄道を分ち
龍向天門入紫微　　龍は天門に向ひて紫微に入る

（巻五、沈佺期「龍池篇」詩）

〔呉評〕毛稚黄云、調既急迅而多複字、兼離唐韻。當是七言古風耳。
毛稚黄（先舒）云ふ、調は既に急迅にして複字（「龍」「天」「池」字）多く、兼た唐韻より離る。当に是れ七言の古風なるべきのみ。

⑥送君還舊府　　君が旧府に還るを送れば
明月滿前川　　明月　前川に満つ

（巻六、楊炯「夜送趙縦」詩）

此地別燕丹　　此の地　燕丹に別れしとき
壯士髪衝冠　　壮士　髪冠を衝けり

（巻六、駱賓王「易水送別」詩）

〔呉評〕毛先舒曰、初唐四子、人知其才綺有餘、故自不乏神韻。若盈川夜送趙縦、第三句一語完題、前後倶作虚境。臨海易水送別、借軻丹事、用一別字、映出題面、餘作憑弔、而神理已足。二十字中、游刃有餘。
毛先舒曰く、初唐の四子、人　其の才綺　余り有り、故より自ら神韻に乏しからざるを知ると。

盈川（楊炯）の「夜送趙縦」のごときは、第三句の一語（「送」字）題を完うし、前後倶に虚境を作る。臨海（駱賓王）の「易水送別」は、（荊）軻・（燕）丹の事を借り、一に「別」字を用ひて、題面を映出し、余りに憑弔を作し、神理已に足る。二十字の中、游刃の余有り。

⑤の沈佺期「龍池篇」について、『唐詩選』では七律に配されるが、前四句だけでも「龍」字が五度、「天」字が四度、「池」字が二度重出するため、古体詩であると毛先舒は位置づける。⑥では、初唐の四傑（王勃・楊炯・盧照鄰・駱賓王）の詩文は、神韻に満ちていると毛先舒は激賞する。即ち「夜送趙縦」詩の「送」字、「易水送別」詩の「別」字は、五絶の二十字の中、一字のみにて詩義を言い尽くしていると論じる。ここで述べる毛先舒（一六二〇～一六八八）とは、字は稚黄。仁和の人。同じく『呉呉山三婦合評還魂記』序文には、次のようにある。

嘗記人十二歳時、偕衆名士集毛丈稚黄齋。客偶擧臨川恨不得肉兒般團成片語爲𦓐獲。人笑應曰、此特衍詩義耳。詩不云乎、聊與子如一兮。遂解衆頤。

嘗て人（呉儀一）十二歳の時を記すに、偕衆の名士、毛丈稚黄（先舒）の斎に集ふ。客偶ゝ臨川（湯顕祖）の「恨むらくは肉児の般く団りて片を成すを得ざるを」（『還魂記』第十齣「驚夢」）の語を挙げ𦓐獲と為す。人笑ひ応じて曰く、此れ特だ詩義に衍るるのみ。『詩（経）』に云はざらんや、「聊くは子と一の如くならん」（檜風「素冠」）と。遂に衆の頤を解く。

即ち、呉儀一が十二歳の時、毛先舒の書斎にやって来た客人が、『還魂記』を話題にして、夢の中で杜麗娘と柳夢梅が結ばれることを「剏獲（初めての成果）」と表現した時、呉儀一は『詩経』の詩句を引用して返答してみせたという。この文章は直接的な毛先舒の伝ではないが、呉儀一が毛先舒に師事していたこと、そして呉儀一が夙慧であったことが示される。毛先舒は年齢的にも呉儀一や洪昇よりも一世代前の人であり、明の遺臣でもあった。彼は明代の古文辞学派・前後七子の詩風を継承し、毛奇齢や毛際可と共に「浙中の三毛」と併称された。経済的に乏しい環境にあったため、田畑を売って書物の出版資金に充てたという。[22]

前述した如く、毛先舒は呉儀一や洪昇の師であり、彼らに対して唐詩の講義が行われたのだろう。この⑤⑥の二例は、先の③④のような詩句の訓詁に関する穿鑿と違い、当時の唐詩の受容実態を窺う資料となる。呉呉山注本の中には毛先舒の詩評が五例見られ、登場する清初の人物群の中では最も多い。つまり呉呉山注本の評注は、師である毛先舒の詩論に強く影響を受けているといえる。また呉呉山注本では、毛先舒に対する呼称にも区別があり、ここで挙げた二例の毛先舒評の内、⑤は呉儀一との会話であるため「毛稚黄云」と字を用いて敬意を示し、⑥は毛先舒の著す『詩辯坻』[23]巻三からの引用であるため「毛先舒曰」と本名で記す。ここには呉儀一の師に対する配慮が窺える。

第五節　呉呉山注『唐詩選』の刊行者

前節では、呉儀一に関わる洪昇・談則・毛先舒の三名の詩評とそれぞれの伝記を挙げたが、ここではさらに、呉儀一と共に呉呉山注本の出版に携わった人物について明らかにしたい。呉儀一には「呉舒凫」の名で『易大象説録』（『四庫全書存目叢書』所収）なる著作がある。この書には、向榮と称する呉儀一の子息が跋語を記している。[24] この向榮は、弟の向炎と共に呉呉山注本にも登場する。向榮・向炎兄弟についての伝記は無く、詳細は未詳であるが、彼らは呉呉山注本の「附注序論」、「附注論例」及び各巻末に識語を付し、同書の刊行において、重要な位置を占める人物である。以下の文は呉呉山注本巻七の識語である。

向炎弟同校七巻字、問曰、滄溟選諸體、嚴于中晩人、獨七絶采録、強半何也。向榮曰、嚴滄浪嘗云、唐人好詩多是征戍遷謫行旅離別之作、往往能感動激發人意。今七絶樂府題、大約寫邊塞宮閨之怨思、其懷古贈送諸作、常仿初盛風調。是以多可諷詠。家尊聞之曰、汝知其所仿者似乎不似乎。……憶少時、毛丈稚黄過家塾留飲、論宋詩板實、唐則饒有風韻。

向炎　弟と同(とも)に七巻の字を校するに、問ひて曰く、滄溟（李攀龍）諸体を選して中晩人に厳なるに、独り七絶のみ采録するに強半なるは何ぞやと。向榮曰く、厳滄浪（羽）嘗て云ふ、唐人の好詩　多くは是れ征戍・遷謫・行旅・離別の作にして、往往にして能く人意を感動激発せしむ。今　七絶の楽府題は、大約(おほよそ)辺塞・宮閨の怨思を写し、其の懐古・贈送の諸作は、常に初盛の風調に仿ふ。是を以て多く諷詠すべしと。家尊　これを聞きて曰く、汝は其の仿ふ所の者の似るや似ざるやを知るかと。……少時、毛丈稚黄の家塾に過(よぎ)りて留飲せしときを憶ふに、宋詩は板実なるも、唐は則ち饒(はなは)だ風韻有りと論ぜり。

即ち、向炎は「李攀龍が〝文は必ず秦漢、詩は必ず盛唐〟と提唱するように、『唐詩選』でも中晩唐の詩人はほとんど採らないが、七絶のみ半数近く中晩唐詩人を収めるのは何故か」と問うと、兄・向榮は「七絶の楽府題は辺塞詩や宮閨詩が中心であり、懐古詩や送別詩は初盛唐の詩風を模倣するため、中晩唐詩人の詩も多く収める」と答える。この問答を聞いた呉儀一は向榮に「中晩唐詩人の模倣した詩は本当に初盛唐の詩風に似ているのか」と訊ねたという。向榮・向炎兄弟は呉儀一のことを「家尊（父）」と呼び、常日頃、唐詩について議論をするほど学識の高い家庭であった。また、毛先舒も呉儀一の家塾を訪れては議論を交わすほどの交誼があったことが判る。

さて、刊行者としての彼らの役割であるが、引用文の冒頭と同様に、呉呉山注本巻一の末にも、「家尊刊唐詩選巻一、向榮同弟向炎校字」とあり、呉儀一が刊行するものに、向榮・向炎兄弟が校訂したとある。明末清初、江南の出版業界では、父親や祖先の功績を後世に残すことが孝行の意を示す手段として用いられた。[25]とすれば、呉呉山注本は表面上、呉儀一の名が冠され、向榮・向炎兄弟はその識語を記す補助的役割に見えるが、むしろ実際はこの兄弟が主体となって刊行された書物とも考えられよう。

また、呉呉山注本は、毛先舒を中心とする康熙年間の銭塘における文学サロンでの唐詩講義の備忘録のような一面も見せる。それは恰も、服部南郭による『唐詩選』講釈を門人・林玄圭が筆録したノートと目される『唐詩選国字解』[26]の類を想起させる。呉儀一の筆録、つまり呉呉山の評注は、決して呉儀一単独の功績ではなく、洪昇や談則、その他の友人や子息らとの共同作業であった。世に知られた人物でなくとも、その名を冠して書物を刊行できるということは、当時江南の出版業が極めて身近な物になったことを示している。毛先舒サロンに集った人々の中で、呉儀一が比較的経済力に余裕があり、洪昇の『長生殿』を始め、彼らの著作物刊行の多くを支援していた。[27]畢竟、友人の洪昇による『長生殿』、妻の陳同・談則・銭宜たちによる『還魂記』、そして子息の向榮・向炎たちによる『唐詩選』と、呉儀一は出版業界における編集者的存在であったとも考えられる。

以上の如く、呉呉山注本は、江南出版事情を垣間見る上で典型的な刊行物であったと考えられる。毛先舒を中心とした文学サロンの人々は、科挙試対策よりも出版業に心血を注いでおり、それは女性や児童のための教育も兼ねており、その趨勢は毛奇齢・袁枚の女弟子といった後世の江南の民間教育体系を形成してゆくと考えられる。

(1)　嵩山房が享保九年（一七二四）に初めて服部南郭　校訂／荻生徂徠　跋『唐詩選』七巻を発行して以降の和刻本『唐詩選』の出版概況は、村上哲見「『唐詩選』と嵩山房―江戸時代漢籍出版の一側面―」（『日本中国学会創立五十年記念論文集』汲古書院　一九九八年）を参照。

(2)　底本には国立公文書館所蔵の明　李攀龍　編／清　呉呉山　注『唐詩選』七巻を用いた。該書に刊行年は明記されていないが、復旦大学に所蔵する同版本や夢園刻本『呉呉山三婦合評還魂記』（北京大学図書館『不登大雅文庫珍本戯曲叢刊』学苑出版社　二〇〇三年）の装幀との比較及び欠筆等を調査した結果、康熙年間刊本と定めることができる。

(3) 大木康『明末江南の出版文化』（研文出版　二〇〇四年）第五章「『儒林外史』に見る出版活動」を参照。

(4) 呉振棫『国朝杭郡詩続輯』（一八七六年丁氏重校刊本）には、呉儀一の詩三首と略伝が収められ、「呉山母張氏姙十五月而生于錢唐之松盛里。五月能語。有術者曰、是子足心有文、左龍右虎。言蚤恐不壽。因手摩其兩足、遂不復言。九歳徧十三經（呉山の母張氏　姙むこと十五月にして銭唐の松盛里に生ず。五月にして能く語る。有術の者曰く、是の子　足心有文、左龍右虎なりと。言ふこゝろは蚤に寿ならざるを恐る。因りて手もて其の両足を摩れば、遂に復た言はず。九歳にして十三経を徧くす）」とある。

(5) 『呉呉山三婦合評還魂記』洪之則の跋文に「忽忽二十年、予已作未亡人。今大人歸里、將於孤嶼築稗畦草堂、爲吟嘯之地。四叔故好西方止觀經、亦將歸呉山草堂（忽忽として二十年、予（洪之則）已に未亡人と作る。今　大人（洪昇）里に帰り、将に孤嶼に稗畦草堂を築かんとし、吟嘯の地と為す。四叔（呉儀一）故に西方の止観経を好み、亦た将に呉山草堂に帰らんとす）」とある。同書は一六九四年に成立したもので、洪昇と呉儀一が帰郷し、それぞれ草堂を構えたという記事から呉儀一の繫年が推測できる。

(6) 呉呉山注本巻頭の「附注序論」及び「附注論例」は底本の国立公文書館本には欠落しているが、版木を異にする東北大学附属図書館所蔵本及び呉呉山注『古唐詩選』七巻（掃葉山房　一九二二年）によって確認できる。

(7) 『東北地区古籍線装書聯合目録』（遼海出版社　二〇〇三年）に拠ると、遼寧省図書館所蔵の『古唐詩選』七巻に「康熙三十八年（一六九九）宝善堂刻本」とある。これが初刻本ならば呉呉山注本は呉儀一が五十三歳ごろの作と考えられる。

(8) 唐圭璋『詞話叢編』（中華書局　一九八六年）所収。

(9) 王晫『今世説』（古典文学出版社　一九五七年）巻六「豪爽」に「呉舒鳧托懐豪逸、情與興倶。呉名儀一、浙江銭塘人。髫年入太學、名滿都下、二十爲人師。經史子集、一覧成誦。古文法歐陽永叔・王荊公、詩宗杜子美。性善飲、飲醉值市井子、輒謾罵之（呉舒鳧　豪逸を托懐し、情と興とを倶ふ。呉　名は儀一、浙江銭塘の人。髫年にして太学に入り、名は都下に満ち、二十にして人の師と為る。経史子集、一たび覧れば誦を成す。古文は欧陽永叔（脩）・王荊公（安石）に法り、詩は杜子美を宗とす。性は善く飲み、飲酔して市井の子に値へば、輒ちこれを謾罵す）」とある。

(10) 『四庫提要』巻一百九十二、集部総集類存目「唐詩解」の項には、「是書取高廷禮『唐詩正聲』・李于鱗『唐詩選』二書、稍爲訂正、附以己意、爲之箋釋（是の書　高廷礼『唐詩正声』・李于鱗『唐詩選』の二書を取り、稍や訂正を為す。附するに己の意を以て、之れ箋釈と為す）」とある。

(11) 呉呉山注本の注釈形式として、双行注と鼇頭注の二種類があるが、本稿では敢えて両者の位相を区別せず、全て呉儀一による評注として同一視する。

(12) 『淮南子』原道訓の「射者扜烏號之弓（射る者　烏号の弓を扜る）」について、高誘注に「烏號、桑柘。其材堅勁、烏峙其上。及其將飛、枝必橈下、勁能復、巣烏隨之、烏不敢飛、號呼其上、伐其枝以爲弓、因曰烏號之弓也（烏号は桑柘なり。其の材　堅勁にして、烏　其の上に峙つ。其れ将に飛ばんとするに及び、枝　必ず下に橈み、勁　能く復す。巣烏　これに随ひ、烏　敢へて飛ばず、其の上に号呼し、其の枝を伐りて以て弓と為す、因りて烏号の弓と曰ふなり）」とある。

(13) 平野彦次郎「李于鱗唐詩選は果して偽書なりや」（『支那学研究』第二編　一九三二年。のち『唐詩選研究』明德出版社　一九七四年に収録）によると、『唐詩選』が『古今詩刪』ではなく、『唐詩品彙』から鈔出された根拠として、「此の三詩を張子容の作と為したるが、既に作者名を記すれば、之を盛唐の位置に移さざるべからず」と説く。

⒁ 呉呉山注本巻七、「古楽府」詩注に「按『品彙』、水調三首、作古樂府或作無名氏。舊本刻張子容、襄陽人。與孟浩然友善。無據。今仍列古樂府（『品彙』を按ずるに、「水調」の三首、古楽府に作り或ひは無名氏に作る。旧本 張子容と刻す、襄陽の人。孟浩然と友善す。拠るところ無し。今 仍ひて古楽府に列す）」とある。

⒂ 同「唐詩選目録」注に「按李選原本、七古無駱賓王「帝京篇」、五律無杜審言「送崔融」、張均「岳陽晩眺」、七絶無張謂「九日宴」、僧皎然「塞下曲」、共五首。坊本有之。乃後人所増、今改入附録。又原本七古衞萬「呉宮怨」、七律萬楚「五日觀妓」、七絶盧弼「和李秀才邊庭四時怨」二首、共四首。皆不佳。今改爲附録（李選の原本を按ずるに、七古に駱賓王「帝京篇」無く、五律に杜審言「送崔融」、張均「岳陽晩眺」無く、七絶に張謂「九日宴」、僧皎然「塞下曲」無し、共に五首。坊本にこれ有り。乃ち後人の増する所なりて、今改めて附録に入る。又 原本 七古に衛万「呉宮怨」、七律に万楚「五日観妓」、七絶に盧弼「和李秀才辺庭四時怨」二首あり、共に四首。皆 佳からず。今 改めて附録と為す）」とある。

⒃ 同「附注論例」に「而當今校刪、毛西河『古今通韻』、定爲韻略一書（而して当今 校刪するに、毛西河『古今通韻』、定めて韻略の一書と為す）」と定める。

⒄ 『荘子』儒効篇。

⒅ 章培恒『洪昇年譜』（上海古籍出版社　一九七九年）参照。

⒆ 洪昇の伝記について、『清史列伝』巻七十一に「遊京師時、始受業於王士禛、後復得詩法於施閏章。其論詩

引縄切墨、不順時趨、與士禛意見亦多不合。朝貴輕之、鮮與往還。見趙執信詩、驚異、遂相友善（京師に遊びし時、始めて業を王士禛に受く、後 復た詩法を施閏章に得たり。其の論詩 引縄切墨にして、時趨に順はず、士禛の意見とは亦た多く合はず。朝貴 これを軽んじ、往還に鮮し。趙執信の詩を見るに、驚異し、遂に相ひ友善す）」とある。

(20) 洪昇から呉儀一への贈答詩は「途中寄呉瑹符」（『稗畦集』所収）の他、「呉瑹符北征賦此贈別」「泊臨淮寄沈遹声・張砥中・呉瑹符・陳調士・兪季瑮・張景龍諸子」「至日楼望答呉瑹符」（以上『嘯月楼集』所収）、「宿州道中懐呉瑹符」「送呉舒鳧之徐州」（『稗畦続集』所収）がある。

(21) 『還魂記』における虚と実の修辞について、岩城秀夫「萬暦年間にみられる演劇虚実論」（『中国古典劇の研究』創文社　一九八六年所収）、根ヶ山徹「『還魂記』における真と假の問題」（『明清戯曲演劇史論序説』創文社　二〇〇一年所収）を参照。

(22) 毛先舒の伝記について、孫静庵『明遺民録』（一九一二年刊）巻四十に、「明亡、棄諸生、不求聞達。年十八、著『白楡堂詩』。陳子龍見而咨賞、因師之。又嘗従劉宗周講性命之學。其詩、音節瀏亮、有七子餘風。家貧甚、欲賣田刻所著書（明 亡び、諸生棄てられ、聞達を求めず。年十八にして、『白楡堂詩』を著す。陳子龍 見て咨賞し、因りてこれを師とす。又嘗て劉宗周に従ひ性命の学を講ず。其の詩、音節瀏亮にして、七子の余風有り。家貧しきこと甚しく、田を売りて著する所の書を刻さんと欲す）」とある。また、呉顥『国朝杭郡詩輯』（一八七四年丁氏重校刊本）巻三でも「京師語曰、浙中三毛、東南文豪。則以稚黄與紹興毛奇齡、嚴州毛際可並稱也（京師 語りて曰く、浙中の三毛、東南の文豪なりと。則ち稚黄（毛先舒）と紹興の毛奇齢、厳州の毛際可とを以て並称するなり）」と称揚する。

(23) 郭紹虞『清詩話続編』（上海古籍出版社　一九八三年）所収。

(24)『四庫提要』巻九、経部易類存目「易大象説録」の項には、「國朝呉舒凫撰。舒凫、一名逸、字呉山、呉縣人。是書惟釋『大象』。蓋因杭人施相『周易大象頌』而作、毎條附以贊語。……其子向榮跋語述其父言、稱不闕疑而改經文、獲罪千古。蓋已自知之矣（国朝呉舒凫の撰。舒凫、一名は逸、字は呉山、呉県の人。是の書惟だ『大象』を釈す。蓋し杭人施相の『周易大象頌』に因りて作り、条毎に附するに賛語を以てす。……其の子向榮の跋語に其の父の言を述べて、疑はしきを闕かずして経文を改め、罪を千古に獲んと称す。蓋し已に自らこれを知れり）」とある。この賛語を記したとされる施相（一六二三〜？）も、呉呉山注本巻六、王維「竹里館」詩評に登場する。

(25) 大木康『明末江南の出版文化』第一章「明末江南における書籍出版の状況」参照。

(26) 日野龍夫『服部南郭伝攷』（ぺりかん社　一九九九年）によると、服部南郭『唐詩選国字解』は、『芙蕖館提耳』と類似の講義録に後人が適宜手を加えて成った書と説く。

(27) 劉輝『洪昇集』（浙江古籍出版社　一九九二年）の前言に「至于他的力作《長生殿》、也是他的好友呉舒凫的主持下、才得以付刻的。洪昇與呉舒凫都是毛先舒的入室弟子、從幼年起、同窗就讀、關繫親密（洪昇の力作『長生殿』は、親友呉舒凫の援助のもとで上梓された。洪昇と呉舒凫は毛先舒に弟子入りし、幼年より同学として親しい間柄であった）」とある。

下篇　日本の『唐詩選』版本

第五章　嵩山房小林新兵衛による『唐詩訓解』排斥

第一節　はじめに

明の李攀龍選とされる『唐詩選』七巻は、我が国では江戸の嵩山房小林新兵衛によって、享保九年（一七二四）に刊行されて以来、何度も版を重ねた。しかし、李攀龍が没したのは隆慶四年（一五七〇）、中国で最も古い『唐詩選』版本も万暦二十一年（一五九三）跋の蒋一葵注『唐詩選』[(1)]であり、嵩山房刊『唐詩選』まで、実に一世紀以上ものタイムラグがある。これは鎖国という政治情況、若しくは詩壇における古文派の隆盛にその伝播の要因を求めるには、あまりにも遅いと言わざるを得ない。当然、この間に日本において唐詩受容が皆無であったはずはなく、『唐詩選』が流行するための土壌を形成する準備期間と考えるべきである。そこで本章では、日本における『唐詩選』流行以前の唐詩集受容に焦点を当て、そこには先行した一冊の『唐詩選』類本を排斥しようとする本屋側の思惑があったことを明らかにするものである。

第二節　『唐詩選』流行以前

嵩山房による『唐詩選』刊行以前、すなわち江戸初期の漢学者は如何なる唐詩集を読んでいたのか。貝原益軒（一六三〇～一七一四）の『格物餘話』に、

諸詩集及詩解之冠。
集詩者甚多。獨李攀龍之所輯『唐詩選』最佳。其所載風格、淳厚清婉。且其『訓解』亦頗精詳。是可爲

詩を集むる者甚だ多し。独り李攀龍の輯する所の『唐詩選』最も佳し。其の載する所の風格、淳厚にして清婉。且つ其れ『訓解』も亦た頗る精詳なり。是れ諸詩集及び詩解の冠たるべし。

とある。ここでいう李攀龍選『唐詩選』とは中国刊『唐詩選』を意味する。中国では、幾種もの『唐詩選』注本が刊行され、中でも益軒は「訓解」という注本を冠絶とする。福岡藩の儒学者であった益軒は、長崎商人や京都書肆より多数の漢籍を購入しており、既に『玩古目録』や『初学詩法』の中にも「唐詩訓解」という書名が見える。これは、第二章に論じた李攀龍 選／袁宏道 校『新刻李袁二先生精選唐詩訓解』七巻を指す。[(2)]この『唐詩訓解』は、元来、福建の余応孔によって出版された建陽本であり、寧波船など江南ルートを通って比較的早い時期に日本に将来されたものであろう。同時期の鳥山芝軒（一六五五～一七一五）も『唐詩訓解』を講読の教本として用いていた。

芝軒自少壯好歌詩、刻意唐人、專以作詩、教授生徒。常講説『三體唐詩』『杜律集解』『唐詩訓解』等、以此作門戸、自稱爲詩人。

芝軒 少壮より歌詩を好み、唐人に刻意し、専ら作詩を以て、生徒に教授す。常に『三体唐詩』『杜律集解』『唐詩訓解』等を講説し、此れを以て門戸を作(な)し、自称して詩人と為す。

（東条琴台『先哲叢談続編』巻三）

すなわち、『唐詩訓解』は、室町期に五山禅僧の間で広く読まれていた『三体詩』や十七世紀後半（寛永～元禄期）に京都の書肆が度々刊行していた『杜律集解』と同等に評価され、漢詩を読む際には格好の教材であった。教材としての『唐詩訓解』は、古文辞派を提唱した荻生徂徠（一六六六～一七二八）も採択していた。若き日の徂徠は、漢籍を購入する余裕が無いため、自ら『唐詩訓解』を書写し、自らの序と評語を加えたという。[3] その門下の平野金華（一六八八～一七三二）に寄せた「与平子和其二」（『徂徠集』巻二十二）にも、

數十年前、宿學老儒、尊信『三體詩』『古文眞寶』、至與四書五經並矣。……近來漸覺其非、而以『唐詩訓解』代之。

数十年前、宿学老儒、『三体詩』『古文真宝』を尊信すること、四書五経に並(たぐ)へるに至る。……近来漸く其の非を覚り、而して『唐詩訓解』を以てこれに代ふ。

とあり、『唐詩訓解』は、『三体詩』や『古文真宝』を凌駕し、むしろ経書に匹敵すると述べる。『近世漢学

者伝記著作大事典』の江村北海（一七一三〜一七八八）の項にも、北海の著述に「唐詩訓解刪注」と見える。この本は現存しないが、北海が『唐詩訓解』の注に手を加えていたことは明らかである。当時は『三体詩』や『千家詩』に代わる新たな唐詩集が渇望されており、『唐詩訓解』は、書肆によって翻刻されるよりも早く漢学者らに抄写されていた。かかる状況下において、彼らは、次第に各種『唐詩選』注本のうち、明末の詩壇に名を馳せた李攀龍・袁宏道両氏の名を冠した『唐詩訓解』に注目するようになったのである。

第三節　文林軒による『唐詩訓解』の翻刻

以上のような理由から、『唐詩訓解』は、中国よりむしろ日本に多く現存する。それらの多くは日本人の手による翻刻本であり、巻末に「二條通䳾屋町　田原仁左衛門　梓行」（仁左衛門本）と「京富小路五條上町書林　田原勘兵衛　蔵板」（勘兵衛本）と記された二系統の版本が存在する。田原仁左衛門・勘兵衛両家は屋号を文林軒と称し、禅書や漢籍を中心に出版していた京洛書肆の老舗である。二本とも「萬暦戊午（一六一八）孟夏月／居仁堂　余獻可　梓」と刻んだ蓮牌があるが、これは原刻本（福建本）に倣ったもので、それぞれの正確な江戸刊行年は不明である。しかし新たに出版する書物に必ず刊行年を記すよう制定されたのは享保の改革であれば、『唐詩訓解』の翻刻は嵩山房による『唐詩選』出版以前である。そこで両者の出版活動時期をそれぞれの刊行物から比較すると、仁左衛門の方が勘兵衛より早い時期に活動していたことが判る。また、日野龍夫氏が『唐詩訓解』の刊行年を寛文年間（一六六一〜一六七三）頃と推測する(4)ように、早くは『寛文無刊記書籍目録』からその名が見え、『元禄九年書籍目録大全』では当該書名の上欄に「田原仁」と附記されている。[5] 勘兵衛本に記された「蔵板」という書誌用語は、寺子屋などが教材用に出版した素人板、若しくは他者から買収・贈与が行われた版本という意味を含む。以上の事から、先ず田原仁左衛門が版木を梓行し、勘兵衛がそれを継承したと考えるのが妥当である。『唐詩訓解』以外に勘兵衛が仁左衛門刻本を覆刻した書物は『天地万物造化論』『永源寂室和尚語録』『禅関策進』『緇門宝蔵集』の四点である。そもそも仁左衛門が禅書の出版で有名であったのに対し、勘兵衛は唐詩集を中心とした漢籍出版に移行している。忖度するに、『唐詩訓解』は、田原文林軒の経営方針を変えるほどの売筋商品であったに違いない。

第四節　『唐詩選』類本をめぐる訴訟

では、これほど流布していた『唐詩訓解』が読まれなくなったのは何故であろうか。結論から言えば、京都の文林軒田原勘兵衛と江戸の嵩山房小林新兵衛の間に出入（紛争）があったからである。近世日本の書肆は、本来伊勢講や愛宕講のように、霊山参拝を名目とした催合（もやい）や頼母子（たのもし）によって資金を運用し、それを元手に出版業に従事していた。享保七年（一七二二）十一月の大岡越前守の布令、所謂享保の改革によって、本屋仲間が正式に承認されたことは、日本の出版文化に大きな影響を与えた。[6] 本屋仲間は、それぞれの版権を守るため、行事という役員を定めて出入の調停や交渉に当たった。そこでは内容が全く同じ書物を「重板」、酷似しているものを「類板」と呼び、それぞれ差構（さしかまい）（訴訟）の対象となった。

村上哲見氏が既に指摘している[7]ように、『京都書林仲間上組済帳標目』[8]（以下『済帳標目』と略称する）に拠ると、嵩山房は『唐詩選』の版権に抵触する書物へ差構を申し立てており、文林軒の『唐詩訓解』も例外ではなかった。

一、唐詩選江戸板、当地田原勘兵衛唐詩訓解ニ差構、度々御公辺ニ及候事。（享保十一年二月）

行事方の調停でも双方の言い分が一致しない場合、奉行所に委ねられることになるが、享保九年に嵩山房が『唐詩選』を刊行した二年後にはこの件がお上に委ねられている。これ以後、『済帳標目』には嵩山房と文林軒との出入の記録が約六十年に亘って記され、双方が『唐詩選』関連の書を出版する度に差構を申し立て合うようになる。

一、唐詩訓解素本、田原勘兵衛より写本被出候、江戸板唐詩選之重板ニ御座候故、行事共方ニ留メ置申候えは、行事共へ御裏判頂戴いたさせ、右之趣申上候、勘兵衛急度御叱り被成、板行御赦免無御座候。（享保十七年四月）

田原勘兵衛は『唐詩訓解素本』出版の申請のために、その写本を行事方に提出するが、嵩山房刊『唐詩選』の重板に抵触して売留（出版停止）となっている。そもそも素本とは無注本の意味であり、『唐詩選』と『唐詩訓解』は収録詩がほぼ同じであることからこれは当然の処分である。しかし前節までに論じたように、文林軒刊『唐詩訓解』は嵩山房刊『唐詩選』に先んじて刊行されていた。そのため勘兵衛はその優位性を主張できたはずであるが、どうやら版権の出入を得手としなかったようである。

一、明詩礎之写本額田正三郎・梅村弥右衛門より出ル、田原勘兵衛より差構有之候へ共、内証ニて相済。二月十六日板行御赦免。（元文四年正月より五月迄）

すなわち、同じ京都の額田・梅村両氏より『明詩礎』の出版願が出され、版権を持つ勘兵衛が差構を行事方へ申し立てるが、勘兵衛に断りなく出版を許可されている。同じ京都の仲間同士でもこのようであったのに、まして近年台頭し始めた江戸の書肆との出入では極めて不利な状況下にあった。加えて小林新兵衛は江戸の行事方の役員に名を列ねており[9]、多少なりとも発言力を持っていたに違いない。

一、十月八日、江戸須原屋新兵衛殿、当地田原勘兵衛方　唐詩国字辯之義ニ付及出入、則廿九日就此義勘兵衛江戸表へ出立、則江戸行事中より付状、同江戸行事より到来書状、同十二月帰京、御添翰頂戴ニて再ヒ江戸へ出立、御添翰御訴訟、江戸行事中へ之添状等之一（明和七年九月より翌正月迄）

明和七年（一七七〇）、文林軒の『唐詩国字辯』刊行に異議を申し立てられ、勘兵衛は単身江戸に出発し、江戸の行事方の下で争った。勘兵衛も嵩山房が『唐詩選』注本を出版する毎に差構を申し立てているが、嵩山房刊『唐詩選』の圧倒的な流行に鑑みれば、それは蟷螂の斧に過ぎなかったのかもしれない。

第五節　嵩山房による『唐詩訓解』批判

後発の嵩山房の言い分では、諸人の注を付す中国の『唐詩選』は李攀龍のオリジナルでないとして、李攀龍が編集した原『唐詩選』に近い無注本を作成し[10]、先行する文林軒の『唐詩訓解』と争った。その結果、嵩山房刊『唐詩選』は、繁雑な注を省いた見易さと携帯の便を以て大流行をもたらした。後発の嵩山房がこの一連の係争に打ち勝つためには相手方の弱みに付け入ることが肝要である。そこで『唐詩選国字解』の服部南郭「附言」では『唐詩訓解』を偽書との断を下す。

　世有『唐詩訓解』。其書剽襲『唐詩選』、及仲舒注、仲言解等、僞選列藝文。而詩全用于鱗選、出入一二。其所題目、既是不知滄溟者所爲。序則文理不屬、始無意義。中間引道子數語、出中郎他文。且中郎於滄溟不啻仇視、則亦不知中郎者所爲。總評中竽濫太甚、評註取蔣・唐、頗爲刪補。

　世に『唐詩訓解』有り。其の書『唐詩選』、及び仲舒が注（蒋一葵箋釈『唐詩選』）、仲言が解（唐汝詢『唐詩解』）等を剽襲し、偽選して藝文に列す。而して詩は全て于鱗が選を用ひ、一二を出入す。其の題目する所、既に是れ滄溟を知らざる者の為(つく)る所なり。序は則ち文理属せず、始めより意義無し。中間に道子の数語を引くは、中郎の他文に出づ。且つ中郎　滄溟に啻だに仇視するのみならざれば、則ち亦た中郎を知らざる者の為せる所なり。総評の中　竽濫太甚(はなはだ)し、評註は蒋（一葵）・唐（汝詢）を取り、頗る刪補を為す。

すなわち南郭は、『唐詩訓解』が蔣一葵箋釈本の注と唐汝詢『唐詩解』の評を剽窃していることを指摘する。袁宏道は李攀龍の古文辞を公然と批判していたことは有名であるため、南郭は両名の共著という可能性はないと断言し、唯一袁宏道の文とされる「唐詩訓解序」も第三者が袁宏道の他文を繋ぎ合わせたことを指摘している。[11] 蘐園門下であった南郭は『唐詩訓解』を精読していたため、偽書であることを看破し、その選びを「胡乱」と注した。

　　於是或書賈・閭師、資二家聲譽。
　　是に於いて或いは書賈・閭師、二家の声誉を資（と）る。

ここで南郭は、『唐詩訓解』は坊賈が李攀龍・袁宏道の二家の名声を利用した営利出版物であると断じ、双行注では、版元である余応孔を「唐山デ余献可ト云フ山仕（ママ）本屋」や、「田舎ノ山儒者、山仕ノ上手組、本屋ドモ」と呼び捨てる。このように、嵩山房の小林新兵衛は出入のために『唐詩訓解』批判を繰り返している。ここで、嵩山房刊行の主な『唐詩選』注本四種（左掲）の中に『唐詩訓解』を批判した箇所を挙げる。

・『唐詩選掌故』七巻[12]　千葉芸閣集註　明和二年（一七六五）刊　〔掌　故〕
・『唐詩選国字解』七巻　服部南郭辯　天明二年（一七八二）刊　〔国字解〕
・『唐詩選辨蒙』七巻　宇野東山著　天明六年（一七八六）刊　〔辨　蒙〕
・『唐詩選講釈』七巻　千葉芸閣口述　寛政二年（一七九〇）刊　〔講　釈〕

本屋側からすれば、『唐詩選』を細分化することで販売数を増やしたい思惑もあるだろう。これらは全て嵩山房刊『唐詩選』を底本にして注や評を施しているが、それぞれの注釈や装丁には差異がある。千葉芸閣の名を冠する『唐詩選掌故』と『唐詩選講釈』は文体も内容も別物であるが、全て共通して『唐詩訓解』を批判する姿勢を持つ。

先ず、李白「経下邳圯橋懐張子房」詩の詩題にある「圯橋」という語句について、『唐詩訓解』の題下注では、

楚人謂橋爲圯、二字不應複用。

楚人 橋を謂ひて圯と為し、二字 応に複用すべからず。

と、「圯」と「橋」は同義であるため重ねるべきでないとし、『史記』でも「圯」一字で橋を意味する。これに対して嵩山房刊行『唐詩選』注本は一様に否定する。

〔掌　故〕『訓解』以圯橋二字、不應復用。詰白、非。

〔講　釈〕下邳ハ『史記』ノ注ニ曰ク、東海ニツヾイテアル。呉々山ガ附注ニ曰ク、按ズルニ『説文』ニ東楚橋ノコトヲ圯ト云フ。圯橋ト二字ツヾケタト李白ヲソシルハ非ナリ。

〔辨　蒙〕呉々山ガ註ニ、東楚橋ヲ圯ト云フ。『淮邳郡志』ニ皆圯橋ト稱ス。『訓解』ニ圯橋トモニハシ

ナルヲカサネ用ユルニヨリ、是レヲ非トスルハ未ダ歴志ヲ考ヘヌユヘ誤ツタト云フ。

ここで引用する「呉々山が附注に云々」というのは、清初康熙年間に中国で出版された『唐詩選』注本[13]であり、江戸期舶来の『唐詩選』の中でも最新の注と言える。宇野東山も地方志を引いてまで圯橋という橋が存在したことを明らかにする。また、この詩に対する『唐詩訓解』の評（正しくは唐汝詢『唐詩解』の評）には次のようにある。

言子房智勇已具、又能屈體受書於此。故我經其地、想見其英風、而所授書之老人、已不復可覩、自此人一去、而徐泗之間、絶無英雄、則非獨繼子房者難、而識子房者尤難。豈今世果無才耶。其寓意深矣。

言ふこゝろは子房　智勇　已に具し、又能く体を屈し書を此に受く。故に我　其の地を経て、其の英風を想見す。而るに書を授くる所の老人、已に復た観るべからず、此の人　一たび去りてより、徐泗の間、絶へて英雄無し、則ち独り子房に継ぐ者の難きのみに非ずして、子房を識る者尤も難し。豈に今の世果して才無からんや。其の寓意や深し。

すなわち、詩の末二句「嘆息此人去　蕭条徐泗空（嘆息す　此の人去りて、蕭条として徐泗空しきを）」の「此人」を黄石公とし、今となってはこの老人のように、自分（李白）の才能を見出してくれる人物がいないことを嘆いた詩と解する。この評に対しても嵩山房刊『唐詩選』注本は否定する。

〔国字解〕「此人」ハ張良ト見ルガヨイ。『訓解』ニハ黄石公ト見タガ、ソレデハワルイ。ソウミレバ客主ノ別(ワカ)チガナイ。揔体、文ニモ詩ニモ客主ト云フガアル。石公ハ客ノヤウナモノデ、張良ハ主人ノヤウナモノヂャ。此ノ人ヲ黄石公ニ云ハヾ、題ニオモニ云フ張良ガ外ノ者ニ成ツテシマフノヂャ。

〔講　釈〕「此人」ト有ルヲ『訓解』ニ黄石公ト解シタガ、ソレハヨフナイ。張子房ト見ルガヨイ。都(スベ)テ詩文トモニ客ト主トノ別ガ有ル。コ、デハ石公ハ客体ナリ。子房ハ主人体ナリ。ユヘニ此ノ人ヲ石公ト見タ時ニハ題ニアハズシテ子房ハ別コトニ成ルナリ。

〔辨　蒙〕呉々山云ク、此ノ人ハ子房ヲ指ス。黄石公ヲ云フニアラズ。題ニ「懐張子房」トアレバ、張良ハ詩中ノ主ニテ石公ハ客ナリ。此ノ別チヲ合点シテ見ルベシ。

それぞれ詩の主客を論じて、「此人」を張良と見なす。ここで各注釈者が『唐詩訓解』の名を挙げて批判するのは、当時『唐詩訓解』が流布していた証左である。

高適の「邯鄲少年行」詩の「未知肝膽向誰是　令人却憶平原君（未だ知らず　肝胆　誰に向ひてか是なる、人をして却つて平原君を憶はしむ）」の「平原君」という詩句について、『唐詩訓解』注は『漢書』朱建伝を挙げている。

『漢書』、朱建嘗爲黥布相、諫止布反。高祖賜建號平原君。辟陽侯欲知建、建不肯見。及建母死、貧未有以發喪、辟陽乃奉百金、後惠帝欲誅侯、建見幸臣閎籍、言侯卒不誅、建之力也。後淮南厲王以辟陽侯黨諸呂殺之。建遂自剄。

『漢書』に、朱建 嘗て黥布の相と為り、諫めて布の反するを止（とど）む。高祖 建に賜ひて平原君と号す。辟陽侯 建を知らんと欲するも、建 見（まみ）ゆるを肯ぜず。建の母 死するに及び、貧にして未だ以て喪を発すること有らず。辟陽 乃ち百金を奉ず。後に恵帝 侯を誅せんと欲し、建 幸臣閎籍に見（まみ）え、言ふに侯 卒に誅せざるは、建の力なりと。後に淮南厲王 辟陽侯の諸呂に党するを以てこれを殺す。建遂に自剄すと。

確かに朱建も「平原君」と号したが、朱建から「邯鄲少年行」に登場する遊侠の士を想起させるには無理があり、ここは平原君趙勝を指す説のほうが妥当である。

〔掌　故〕『訓解』引漢朱建事、非也。

〔国字解〕今ノ世ニハ一向肝膽ヲユルスモノハナイニヨッテ、昔シ趙ノ公子勝平原君ノヤウナ俠客ズキガ思ヒ出サレル。此トコロハ『訓解』ガヨクナイ。

両書とも『唐詩訓解』の名を挙げて批判する。ここで前節にて小林新兵衛から差構を受けた文林軒刊『唐詩国字辯』の注と比較してみよう。

今ノ世ニハ一向肝膽ヲユルスモノハナイ。昔趙ノ公子勝平原君ガ食客ニモ、ヲトラヌニツイテハ平原君ガヤウナ人ガイタナラバ、サゾ面白カラフ。趙ノ平原君、魏ノ信陵君、齊ノ孟嘗君、楚ノ春申君、コノ四人、大名ノ男ダテヂヤ。

これは『唐詩選国字解』を剽窃したかと思われるほどに南郭注に酷似している。しかしここで特筆すべきは、『唐詩国字辯』も『唐詩訓解』の説には従わないが、嵩山房刊注本のような批判は行っていないことである。

次に張仲素「漢苑行」詩は、御苑の春景色を詠じた詩である。結句の「人間總未知（人間総て未だ知らず）」について『唐詩訓解』の評では、

一云、唐衰天子不復巡幸、故苑間春色、莫有知者亦通。

一に云ふ、唐衰へ天子 復た巡幸せず、故に苑間の春色、知る者有る莫しも亦た通ずと。

と、一つの可能性として唐が衰えた安史の乱以後の事としている。しかしこの説に確証はなく、『唐詩訓解』が「一云」とするのは真摯な注釈態度である。『唐詩選国字解』の註はこの説を容れる。

〔国字解〕又ノ説ニ、天子ヲハジメ人間スベテ「未知」。コノ花ヲ、タレヒトリ見ルモノモナイ。コレハ

乱後ノ風景ニモ通ズルナリ。

仮にここで『唐詩訓解』の名を挙げることは、図らずも『唐詩訓解』の宣伝になってしまう。そこで出典名を明らかにせず「又の説に」として、この説が『唐詩訓解』に依拠することを意図的に隠している。確かに張仲素（七六九?～八一九）は乱後の詩人とも言えるが、既に混乱期は脱して久しく、天子が御苑に巡幸しないとは言い難い。そこで千葉芸閣の『唐詩選講釈』ではその説を否定する。

〔講　釈〕此ノ処ハ天子ノ御遊興ノアルコトユヘ、人間世界、地下ノ輩ハミルコトハナラヌユヘ、総テ知ラザルコトニテゾアル。此ノ詩乱後ノ風景ト云フ説、非ナリ。

そもそも御苑は一般の人々が容易に入れる処ではないため、天子以外は「未知」と解する。南郭と芸閣では解釈が異なっているが、両書とも『唐詩訓解』を意識した注となっている。

以上、嵩山房刊本が書名を明示して批判するのは『唐詩訓解』のみである。その批判は、的確な是正もあれば、容易には判断がつかないものもある。そもそも詩意は作者と同等に把握できるものではなく、後人の注は如何に作者の心に沿うかを志向するものであり、厳密な正誤は判じ難い。さすれば、その中で特定の書物だけを批判することは意図的なものが含まれているというべきである。嵩山房刊『唐詩選』に付される荻生徂徠「後序」に、

獨奈近來坊間諸本率屬孟浪。不則何物狡児巧作五里霧、芙蓉咫尺殆不可辨矣。

独り奈せん（いかん）近来の坊間の諸本　率ね（おほむ）孟浪に属する。しからざれば則ち何物の狡児か巧みに五里霧を作り、芙蓉の咫尺殆ど弁ずべからず。

とある。これは最近の書肆はやたら『唐詩選』注本を出版するが、それが人を惑わせるさまは眼前の富士の高嶺も見分けがつかないほどだと嘆いた文である。これは客観的に見れば、嵩山房を含む全ての書肆の営利主義を批判した文である。しかし、これに対する宇野東山の注は、「世上ニ流布スル処ノ『唐詩訓解』ナド、云モノハ何モ〱サルガシコイモノ、シワザカ」と具体的に『唐詩訓解』の書名を論って（あげつら）批判する。徂徠は先に言及した如く、嘗ては『唐詩訓解』を評価していた。東山の注は、版元である嵩山房に迎合したものと言えよう。

第六節　『唐詩選画本』に見える宣伝広告

嵩山房の販売戦略は、宣伝広告の分野にも力を入れている。書物の宣伝手法として、巻末に新刊書や近日発刊の書名を列することはよく知られている。これは黄表紙や読本に顕著であることだが、本文中にも様々な宣伝が見受けられる。嵩山房四代目小林新兵衛高英の刊行した『唐詩選画本』は、書画による視覚的効果を狙った『唐詩選』類本である。そこに広告を付けることは最大限の効果を発揮する。初編（天明八年刊）巻三、崔顥の「長干行」詩では、左上に「唐詩選掌故・唐詩選箋註・唐詩せん講釈・同国字かい等々、詩の意、故事、諸註のせつ、くわし」とある（前頁図）。これらの書物は前節に挙げた嵩山房刊行『唐詩選』注本であり、一際目立つように書き入れてある。これは、注釈の補足というより、広告的宣伝効果を狙ったものである。同様に続編（寛政二年刊）巻三、王昌齢「送別魏三」詩の解釈には、「委しくは『箋註』又は『講釈』の本を嵩山房で求め見るべし」と購買を促すような、明らかな宣伝文句がある。このように注本を参照せよという文言は、初編に十六例、続編に三十例確認できる。しかし、三編以降は激減し、五編に一例見られるのみであるのは、文林軒との訴訟が収束に近づき、嵩山房＝『唐詩選』というイメージが定着したためと考える。

以上のように、嵩山房による『唐詩訓解』排斥運動によって、嘗て四書五経と比べられたほどの『唐詩訓解』の評価は急速に失墜した。それは『唐詩訓解』が偽書であったことが嵩山房に付け入る隙を与えてしまったことは否めない。後に、鈴木煥卿や山本北山も『唐詩訓解』を「俗」なる書物と貶めているところにも[14]、嵩山房による『唐詩訓解』攻撃の成果が出ていよう。つまり、江戸嵩山房から京都文林軒への一連の訴訟はそれまで普及していた『唐詩訓解』の評価を覆し、販売シェアを拡大することが究極の狙いであったのである。

この重板・類板問題は、当時の本屋仲間にとって重大な関心事であった。もし差構を申し立てられた書肆が行事の調停に応じない場合、「衆外」として文字通り仲間外れとなる。すると本屋仲間全体がその本を不売とし、死活問題に直結する。しかし漢籍の場合、経書の古注や新注によって版権の所在がどうしても曖昧になってしまう。そのため同じく教本として普く読まれていた『文選』は元禄以降、暫く出版されていない。[15]これは書肆の版権を守ると同時に規制によって表現の自由を奪う諸刃の剣でもあった。

文林軒は、嵩山房に執拗な差構を申し立てられたが、店を傾けるほどの痛手を負ってはいないようである。明和五年（一七六八）刊『唐詩選掌故』や寛政二年（一七九〇）刊『唐詩選辨蒙』、更に文化五年（一八〇八）刊の篠崎小竹『唐詩遺』等には、田原・小林両氏の名を併記した相合板がある。相合板とは、複数の書肆が版木を分割し、相手方だけで印刷製本が出来ないようにすることである。概ね重板と見做されると版木は没収されるが、場合によっては相合板としてその利益を分与することがあった。これは、「喧嘩両成敗」の精神による、如何にも日本らしい解決の方法と言えよう。

---

(1)　国立公文書館所蔵。これが確認しうる最も古い『唐詩選』版本であることは、山岸共「唐詩選の実態と偽

書説批判」（『日本中国学会報』第三十一集　一九七九年）、森瀬壽三「李攀龍『唐詩選』藍本考―偽書の可能性はどれほどあるか―」（『関西大学文学論集』第四十三巻第二号　一九九三年。のち『唐詩新攷』関西大学出版部　一九九八年に収録）などに言及される。

(2) 本書第二章「明末福建における『唐詩選』類本の営利出版」参照。

(3) 『蘐園雑話』に「徠翁二十五歳ノ時、南総ニテ手親（テヅカ）ラ写ス所ノ『唐詩訓解』二冊、鼻紙ノ麁末（ソマツ）ナルニ写ス。評語皆徠翁ナリ。其序跋コ、ニ写ス（序跋文省略）」とある。

(4) 日野龍夫「『唐詩選』と近世後期詩壇―都市の繁栄と古文辞派の詩風―」（岩波書店『文学』第三十九巻第三号　一九七一年）参照。

(5) 享保以前の書目は、斯道文庫編『江戸時代書林出版書籍目録集成』（井上書房　一九六二年）に収録される。また、元禄十五年（一七〇二）刊『倭版書籍考』巻七に、「唐詩訓解　七巻アリ、註アリ、評アリ、袁中郎ガ序ニ李于鱗（ママ）ノ作ト云リ、大明七才ノ一人ニテ詩文ノ名人ナリ」とある。

(6) 京都の本屋仲間について、蒔田稲城『京阪書籍商史』（原題は『日本出版大観』出版タイムス社　一九二八年。翌年、高尾彦四郎書店が同名に改題。後一九八二年、臨川書店が復刻）などに詳しい。享保の改革の布令は、「自今新作之書物出候共、遂吟味、可致商賣候、若右定ニ背候物有之ハ、奉行所え可訴出候、經數年相知候共、其板元問屋共ニ急度可申付候、仲間致吟味、違犯無之様ニ可相心得候（高柳真三・石井良助『御触書寛保集成』岩波書店　一九三四年）」とある。

(7) 『唐詩選』の差構に関する先行研究は、村上哲見「『唐詩選』と嵩山房―江戸時代漢籍出版の一側面―」（『日本中国学会創立五十年記念論文集』汲古書院　一九九八年）同「江戸の本屋・京の本屋」（『東方』二一二

東方書店　一九九八年十月）を参照。

(8)『済帳標目』は、宗政五十緒・朝倉治彦共編『京都書林仲間記録』第五巻（ゆまに書房　一九七七年）にその影印を収録し、彌吉光長『未刊史料による日本出版文化』第一巻（同　一九八八年）に活字化されている。本章の引用は彌吉氏の編著に拠る。

(9)朝倉治彦・大和博幸『享保以後江戸出版書目』（臨川書店　一九九三年）の「割印行事一覧」には、元文元年（一七三六）八月から文化十二年（一八一五）までの間に、行事の一員として小林（須原屋）新兵衛の名が見える。

(10)『唐詩選国字解』序文の注に「李滄溟ガ序ヲカイテ、蔣仲舒ガ注解シタ『唐詩選』ト云フガアルガ、コレハモト注ハナイハヅヂャ。ソレユヘ白文ノ『唐詩選』ヲ用ユル」とある。

(11)本書第二章「明末福建における『唐詩選』類本の営利出版」参照。

(12)『唐詩選掌故』は本来千葉茂右衛門（芸閣）の蔵板（素人板）であったが、世上に広く流布させたい芸閣と、『唐詩選』関連注本の版権を独占したい嵩山房の利害が一致し、明和二年に嵩山房へ版権が譲渡される。同五年には、京都での市場拡大を求めて田原勘兵衛も販売に携わる。原文は「明和二酉年、千葉茂右衛門蔵板出来仕候処新兵衛難儀ニ付、再三御訴訟申上、右茂右衛門方より世上江広く売弘呉候ハヽ、板木相渡し可申旨ニ付、則私方江板木受取売弘度御願申上候処、御聞済被成下済口証文差上申候段、別紙ニ書付を以新兵衛相届候（『享保以後江戸出版書目』明和五年十一月十一日）」、「一、唐詩選掌故　京都売弘度、須原屋新兵衛口上書ニ江戸行事中附状致し登リ申候、右之儀ニ付田原勘兵衛より口上書出候写、江戸行事へ書状遣候事、並大坂行事へ売留メ頼遣候事（『済帳標目』明和五年子九月より丑正月迄）」。

(13) 本書第四章「清初における『唐詩選』注本の刊行―呉呉山注『唐詩選』について―」参照。

(14) 鈴木煥卿『撈海一得』（明和八年刊）に「同書（『唐詩選』）帝京篇、趙李経過密ト云フ句ハ、阮籍ガ詠懐ノ詩ニ出テ顔延年ガ謬註ヨリ諸説紛々帰一ノ義ナシ。……況ンヤ『訓解』等ノ俗註ヲヤ」。山本北山『孝経楼詩話』（文化六年刊）巻上「『唐詩解』『唐詩訓解』等ノ俗書ハ、論ズルニ足ラズ」とある。

(15) 芳村弘道「和刻本の『文選』について―版本から見た江戸・明治期の『文選』受容―」（『学林』三十四号二〇〇二年。のち『唐代の詩人と文献研究』中国藝文研究会　二〇〇七年に収録）参照。

第六章　『唐詩選画本』における絵師の地位

第一節　はじめに

「百聞は一見に如かず」というように、唐詩に詠われた情景を絵で可視的に追体験することは、百万の言を陳ねた注を読むよりも容易に理解を得られるものである。近世日本では、双紙本の隆盛と『唐詩選』流行による相乗効果が生まれ、絵による唐詩注解書である『唐詩選画本』が嵩山房より出版された。その完成度は、既に万暦年間に出版されていた黄鳳池『唐詩画譜』を遥かに凌駕する。

『唐詩選画本』は、事々しい注を省いてコンパクトにまとめられた小本『唐詩選』とは異なり、その情景図を一首につき一幅ずつ載せていくため、『唐詩選』収録詩四百六十五首を全てを補うとなれば、到底一冊に収まるものではない。そこで各五冊ごとの七編、計三十五冊をもって一括される。この七編の内訳は次の通りである。

初編　天明八年（一七八八）[1]　五言絶句　橘石峯　書画
続編　寛政二年（一七九〇）　七言絶句　鈴木芙蓉　画

三編　寛政三年（一七九一）　五・七言律詩、五言排律　高田円乗　画
四編　寛政五年（一七九三）　七言絶句　北尾紅翠斎　画
五編　天保三年（一八三二）　五・七言古詩　高井蘭山　著／小松原翠渓　画
六編　天保四年（一八三三）　五言律詩　五言排律　高井蘭山　著／前北斎為一　画
七編　天保七年（一八三六）　七言律詩　高井蘭山　著／画狂老人卍翁　画

刊行年に着目すると、一見半世紀に亘る一大企画のように見えるが、四編と五編の間に四十年の隔絶があり、それ以外は一、二年間隔で出版されている。この刊行年には、版元や作家の事情や利潤などを窺い知る手がかりがある。本章では、初～四編を前期、五～七編を後期と区分し、とりわけ北斎（前北斎為一、画狂老人卍翁）の力強い筆捌きによって他を圧倒する後期画本を中心にその成立背景を考察する。

第二節　小林新兵衛高英による企画

『唐詩選画本』を出版したのは、元禄期創業の嵩山房という書肆である。嵩山房は『唐詩選』流行の恩恵を蒙って繁盛したといって過言ではない。店主小林新兵衛は、明治二十年（一八八七）の東京書籍商組合員[2]にも名を列ねており、二百年以上もの歴史を有していた。しかし明治三十六年（一九〇三）、第十二代新兵衛晋之助が夭逝した後、後継者がいなくなり、母親で第十一代の実娘である小林ケイが第十三代を継ぐことに

なった。加えて市区改正によって日本橋から神田錦町に移転して、徐々に事業を縮小していったと思われる。しかし、明治三十年（一八九七）には『中等教育漢文読本』（国立教育政策研究所教育情報センター教育図書館所蔵）という教科書も発行し、漢文教育の普及にも尽力した。さて、この嵩山房という屋号の由来について、原念斎『先哲叢談』巻六に有名な逸話がある。

書商小林新兵衛、請徂徠曰、「小子無家号。願先生命焉。」徂徠笑曰、「書賈出入吾門者五人。而爾所鬻、価最高。猶嵩山於五嶽。宜名嵩山房。」

書商小林新兵衛、徂徠に請ひて曰く、「小子　家号無し。願はくは先生　焉に命ぜよ」と。徂徠笑ひて曰く、「書賈の吾が門に出入する者五人。而して爾の鬻ぐ所、価　最も高し。猶ほ嵩山の五嶽に於けるがごとし。宜しく嵩山房と名づくべし」と。

すなわち、嵩山房という屋号の名付け親は荻生徂徠であり、嵩山が五嶽の中で最も高いように、小林新兵衛が出版する本も他の本屋に比べて値段が高いという。この時、初代新兵衛歳仲が須原屋から暖簾分けしたばかりであり、その商品が高価であれば『唐詩選』流行はあり得ない。この機知に富んだ命名は、むしろ蘐園派と嵩山房が蜜月関係にあったことを示している。蘐園門下の中には太宰春台や服部南郭がおり、彼らの著作も嵩山房より出版されている。[3] 特に服部南郭は、享保九年（一七二四）より幾度となく重版された『唐詩選』の校訂者として名高い。

第四代新兵衛高英は、天明七年（一七八七）二月に家業を継ぐや、すぐに画本の出版に着手した。発刊の辞ともいえる「書画本唐詩選後」には、初編出版までの経緯を記す。

> 高英四世之祖歳仲者、以春臺・南郭二先生撰著、皆藏於舗裡。故其爲嵩山房著矣。賜顧諸君子、月日進哩。其後祖君先人、相繼刻『唐詩選』者、凡十餘種、特欠畫而已。蓋祖文由嘗欲盡備以承歳仲之意、乃謀石峯先生、而性多病、未果而逝矣。父裕之亦不果而逝矣。嗚呼哀哉。故余遂得請先生上梓焉。是亦欲承父祖之意者而已。庶幾補其欠乎。先生又善書、則亦請書詩於其傍、先生退遜辭以不堪罪梨棗。余固請曰、「是非高英之請也。歳仲・文由之請也。」先生於是諾。

> 高英四世の祖　歳仲は、春台・南郭二先生の撰著を以て、皆舗裡に蔵す。故に其れ嵩山房の為に著れり。諸君子に賜顧せられ、月日進む。其の後　祖君先人、相ひ継いで『唐詩選』を刻する者、凡そ十余種。特だ画を欠くのみ。蓋し祖　文由、嘗て尽く備へ、以て歳仲の意を承けんと欲し、乃ち石峯先生に謀るも、性は病多く、未だ果たさずして逝く。父　裕之も亦た果たさずして逝けり。嗚呼、哀しいかな。故に余　遂に先生に請ひて上梓することを得たり。是れも亦た父祖の意を承けんと欲するのみ、庶幾はくは其の欠を補はんことを。先生　又書を善くせば、則ち亦た詩を其の傍らに書かんことを請ふ。先生退遜し、辞するに梨棗に罪するに堪へざるを以てす。余　固く請ひて曰く、「是れ高英の請に非ざるなり。歳仲・文由の請なり」と。先生　是に於いて諾す。

これによると、初めて絵による『唐詩選』注本を企画したのは、高英の曾祖父・歳仲である。しかし祖父・文由や父・祐之も完成を見ることなく没したため、高英が石峯先生に改めて依頼したという。この高英は、様々な『唐詩選』注本及び関連書を企画出版し、且つ『唐詩選』版権をめぐる文林軒との訴訟を決着させ[(4)]、商才に秀でていた。前期画本が通行本『唐詩選』同様に五言古詩からではなく、先ず五言絶句から着手されたのも、多くの読者が覚えやすく、且つ人口に膾炙していることを想定してのことだろう。『唐詩選』をパロディ化した大田南畝『通詩選』三部作も五・七言絶句から手がけられている[(5)]。先の「書画本唐詩選後」によると、先祖代々、満を持しての出版のように誇張されるが、これはやはり高英のアイディアであろう。他の画本は概ね着手からおよそ一年ほどで完成しており、初編も高英が主人となる以前から温めていた企画だったと考えられる。

前期画本の絵師は、初編・橘石峯、続編・鈴木芙蓉、三編・高田円乗、四編・北尾紅翠斎と、毎編変更されている。例えば続編は、鈴木芙蓉が近所の子供に七言絶句の情景を描き与えていたのを、高英が聞きつけてその版権を買い取り、初編の体裁に合わせるために『唐詩選国字解』の服部南郭注をそのまま付したと言う。これは施注する文筆家にまで手が回らず、急場しのぎであった感が強い。以後三、四編も南郭注をそのまま引用するが、画のほうは錚々たる絵師が名を列ねる。就中、四編の北尾紅翠斎は当世一流の絵師である。本名は初代北尾重政（一七三九〜一八二〇）、北尾派の祖である。紅翠斎は、江戸書肆・須原屋三郎兵衛の息子で、家業を弟に譲って画の道に進んだ。前述の通り、嵩山房は須原屋からの暖簾分けされた本屋であり、何らかの繋がりや伝手があったと考えられる。前期画本の高英序跋から判るように、高英は絵の出来具合が売上を左右することを熟知していたため、絵の完成度に重点を置き、注釈は絵に附随する程度のものであった。

第三節　絵師・北斎の矜持

後期画本、すなわち五編以降の出版元も引き続き嵩山房小林新兵衛であるが、四編出版から四十年餘りへだたっており、既に高英から代替わりしていると考えられる。初・続・四編に見られる小林新兵衛の序跋文が後期画本に無いのは、高英ほどの文才がなかったからであろう。では、この次代（五代目か）小林新兵衛は何故先代の企画を再開しようと考えたのであろうか。五・七言絶句の読みやすく、多数の売上が期待できる詩型は既刊であり、残りは長々しい古詩や応制詩などの堅苦しい律詩だけであり、絶句ほど手軽に読めるものではない。結論から述べれば、葛飾北斎（一七六〇～一八四九）の起用に成功したことが続刊への動機であろう。ただし、五編の絵師は都合がつかなかったためか、小松原翠渓（?～一八三四）であるが、その刊記には、

畫本唐詩選五言律續編五冊　前北齋爲一老人 画
畫本唐詩選七言律五冊　仝

とあるように、近刊の画本、すなわち六、七編の絵師として、北斎と既に契約していることを告知している。五編に北斎の起用が間に合わなかったのは、北斎の養子である柳川重信が天保三年閏十一月二十八日に亡くなったことも一因であろう。重信は、北斎の娘・美代と別れた後も養子として収まり、北斎から期待されていた。しかし重信の息子、つまり北斎の孫は、かなりの放蕩者だったらしく、小林新兵衛に宛てた書簡に、

愚老どら者にふり込れ、夫れより人足島、彼れ是れと評議仕り、色々打寄相談之上にて引受人等出来仕り、店を持たせ、肴売りと相ひ成り、両三日中にはヤット女房をもたせ候手筈に候。然り乍ら、存じ乍ら御不沙汰のみ重なり、申し訳も之れ無し。右に付、先日江川へ御光来之儀も承知仕り候得共（そうらへども）、不参仕り候。英様之武者水滸伝、唐詩選ヤット此節下書に取りかゝり申し候間、其の段真平だ、御高免ハイ〳〵誤り入りました。

と、どら息子である重信の子には手を焼かされ、そうした諸事情によって画本制作に取りかかるのが遅れたことを詫びている。同様に、万笈閣英屋平吉より出版された『新編水滸画伝』続編も前帙（文政十二年正月刊）から後帙（天保四年秋刊）までに四年以上も経過していた。

　画本は確かに娯楽の一つであるが、北斎は絵師として、矜持をもって描き、その芸術性を志向していた。

（図1）

六編巻五、駱賓王「宿温城望軍営」を見てみよう（図1）。ここには、青龍刀を担ぐ美髯公関羽と蛇矛を屹立させた張飛を挟んで、その奥に白羽扇を持つ軍師諸葛亮が描かれている。「白羽揺如月（白羽 揺いて月の如く）」の一句から孔明を連想し、加えて関羽・張飛を描くのは蛇足であり、詩景に相応しいとは言い難いが、それを許可したのは、北斎の芸術性を尊重したからであろう。武具をコマ割りから突出させた大胆な画法は、現在のマンガにも応用されており、素人目には如何にも北斎の絵のように見える。しかし北斎としては、歌舞伎役者の面付きのような関羽の彫り方が気に入らなかったようであり、天保七年一月十七日、彫師の杉田金助に次のような書簡を送る（下図）。

眼縁の下を強調した力強い目玉、すらりとした鼻は、当世流行り（はやり）の役者絵師・歌川豊国風であり、北斎の画風ではないと指摘する。庶民の躍動感に重きを置く北斎の画風ではないと指摘する。当時の彫師の多くは本屋のお抱えであり、北斎ほどの矜持をもって仕事をしていたものではなかった。北斎の

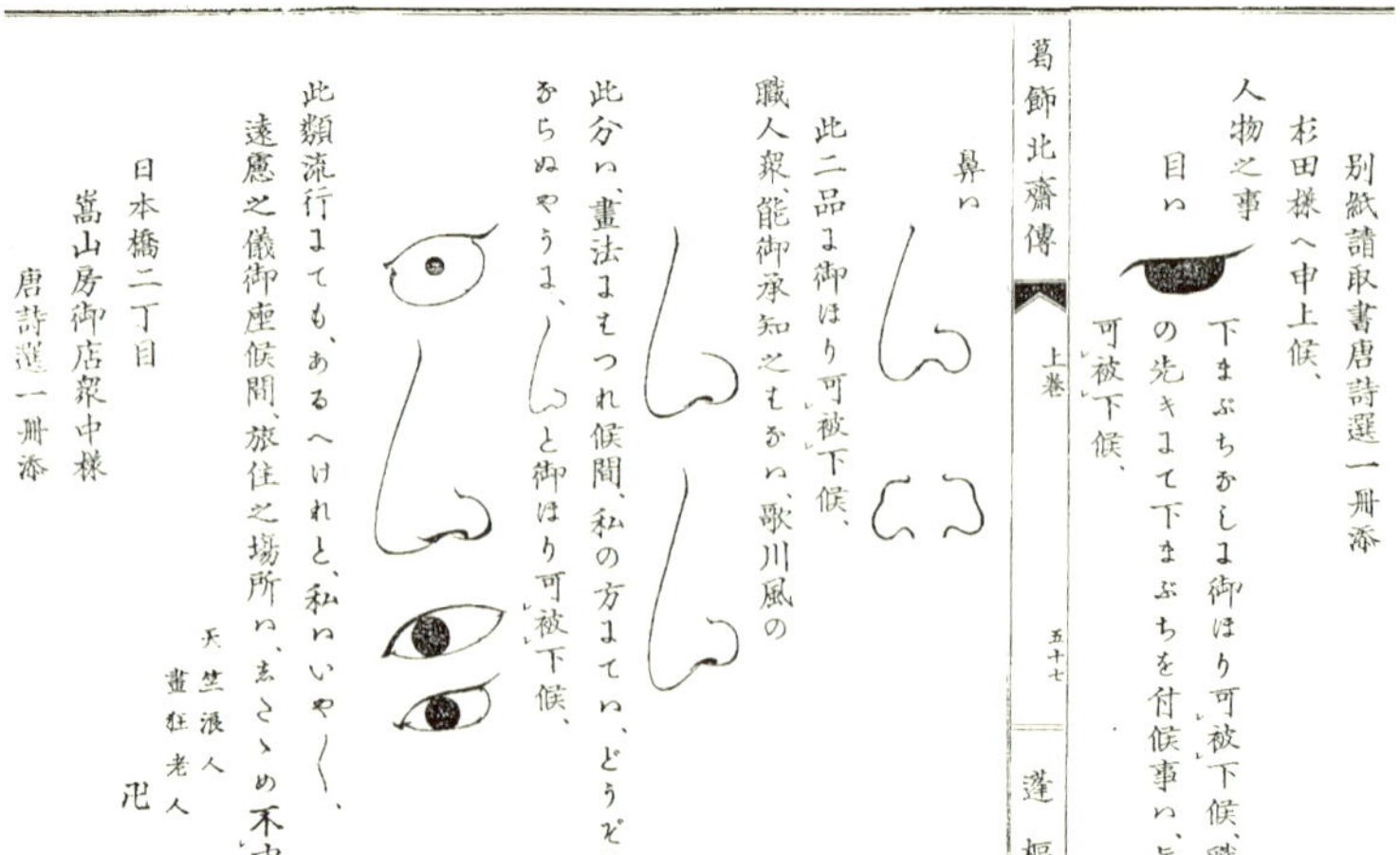
別紙請取書唐詩選一冊添
杉田様へ中上候、
人物之事
目ハ　下まぶちなしニ御ほり可被下候、職人衆、小刀の先キニて下まぶちを付候事ハ、眞平御用捨可被下候、
鼻ハ
此二品ニ御ほり可被下候、
職人衆、能御承知之もなハ、歌川風の
此分ハ、畫法ニもつれ候間、私の方ニてハ、どうぞ此のやうなならぬやうニ、と御ほり可被下候、
此類流行ニても、あるへけれと、私ハいや〳〵、遠慮之儀御座候間、旅住之場所ハ、未さゝめ不申候、
天竺浪人
畫狂老人
卍　翁
日本橋二丁目
嵩山房御店衆中様
唐詩選一冊添

葛飾北斎傳　上巻　五十七　蓬樞閣梓

〔飯島虚心『葛飾北斎伝』より引用〕

別の書簡に、

漫画唐詩選等、何れも上彫には御坐候得共、胴彫・頭等不揃の場所も之れ有り候。

とある。上彫とは将棋の駒のような楷書で彫られた字体である。また熟練した彫師が顔や頭などを彫ることを頭彫といい、それに合わせて若手の彫師が衣装やその他の箇所を彫ることを胴彫という。北斎は、この頭彫と胴彫にズレがあることに苦言を呈する。ちなみに曲亭馬琴（一七六七～一八四八）は、角丸屋の頭彫であった米助より無断で借金の保証人にさせられたことがある。角丸屋から町奉行に訴えられた馬琴は激怒し、『新編水滸画伝』の続きを二度と書かなかったとも言われている[6]。

次に、画料として北斎に幾ら支払われたかを示す手紙がある。

唐詩選残丁三丁半差上げ申し候、毎度恐れ入り候得共、画料四十二匁之内にて過借一匁五分御引落し遊ばれ、差引四十匁五分、何卒此者へ御恩借成られ下さり候様、偏に奉り希ひ候云々。

北斎は、その生涯に九十三回も転居を繰り返したことは良く知られている。そのため、人気絵師にもかかわらず生活が困窮していた。これは北斎が『唐詩選画本』の画料を転居先に送り届けてもらうよう指示した書簡である。当時の四十二匁はおよそ加賀米五斗（75kg）に相当する[7]。執筆料の一例として、安永七年（一七七八）刊の『太平遺響』に対して著者の畠中観斎に六十二匁が支払われている。内容や分量に相違もあるため、一律に計ることはできないが、画本における北斎の地位は、単なる挿絵職人ではなく、著作者並の待遇であったと思われる。

第四節　高井蘭山の起用

後期画本に注を施したのは全て高井蘭山（一七六二〜一八三八）である。嵩山房は北斎・蘭山の合作で六編を出版した翌年、同じく両名で『絵本古文孝経』『絵本忠経』を続けて出版する。つまり北斎と蘭山という組み合わせで売り出そうと企画されたのが後期画本である。

北斎が参与しなかった五編の出版が急がれていた事情を、蘭山注に見ることが出来る。五編巻一、李白「子夜呉歌」の蘭山注を『唐詩選国字解』の南郭注と比較するために、以下にそれぞれ全文を挙げる。

長安一片月　　長安　一片の月
萬古擣衣聲　　万古　衣を擣つ声
秋風吹不盡　　秋風　吹き尽くさず
總是玉關情　　総て是れ玉関の情
何日平胡虜　　何れの日か胡虜を平らげて
良人罷遠征　　良人　遠征を罷めん

〔画　本〕子夜と云ふ女中が歌つた詩にて、閨怨むきと云ふものじゃ。長安は家居多くにぎやかなる所ゆえ、ふけ行く月一片をてらし、一片はてらさぬ。夜ふけの月は物あはれをそふるなるに、どこもかしこも夫の方へ寒気ふせぎの衣裳をこしらへやるとて、ふく事をいそぎて、きぬたの音が聞へ、いよ〳〵あわれな。秋の夜風そよめき吹やまぬぞ。我が夫、今時分は唐と夷の堺なる玉門関のあたりに出て居らる丶ならん。心なきは月にも風にも何とも在るまい。われは何を見ても思ひのたねとなる。何とぞえびすを平げて我が夫 旅へも出ず、つねに宅（いへ）にのみ居るやうにしたいとゑびすを平ぐることむざうさになるやうに思ふ。女の情をよくいふたり。

〔国字解〕モト「子夜」ト云フタモ、閨怨向キノコト。子夜ト云フ女中ガ歌ツタ歌ヲ、「子夜呉歌」

〔図2〕

トモ云フ。「一片」ハ、片方ノコト。「一片ノ月」ト云フハ、夜更ケ方ノ月ト云フコトニナル。「片月窓」「片月刀」ナド、称ス。「片月」ハ、半月ノコトナリ。或ハ、野ノヤウナラバ、一面ニ照ラセドモ、長安ハ家居ガ続イテアル故ニ、一方ハ照ラシテ一方ハ照ラサヌモノヂャ。コノヤウナ夜深ノ月ハ、物ノ憐ミヲ添フルモノヂャ。其ノ上、ドコデモカシコデモ、夫ノ方へ寒気フセギノ衣裳ヲコシラヘテヤルト云ヒテ、夜深ケ方マデ取リイソイデ砧ノ声ガスル。月ヲミルサヘ憐レナニ、其ノ上、衣ヲウツ声ヲキケバ、イヨ〳〵アハレナ。亦頃シモ秋トテ、夜深ケ方ニ風ガソヨ〳〵ト吹テ止マヌ。玉門関ハ、唐ト夷トノ堺ヂャ。此ノ秋風ノ吹ク時分、我ガ夫ハ定メテ彼ノ玉門関アタリニ出テ居ラルヽ、デアラフガ、コレモ、心無イ者ハ月ヲ見、風ヲ聞キテモ何トモアルマイガ、オレハドウシタコトヂャヤラ、何ヲ見ルニ付ケ、聞クニ付ケテモ皆思ヒノ種トナル。此レモ女ノ情ニ、何トゾ「胡虜」ノ夷ヲ平ラゲテ、我ガ夫ノドコヘモ旅ヘ行カズ、常ニ住内ニバカリ居ラルヽ、ヤウニシタイモノヂャ。此二句ハ、見エタ通リヤハラカニ云フタガオモシロイ。女中ノ心ニ、アノヱビストヤラ云フモノヲ平ラゲラルヽ、モノナラバ、早クドウゾ平ラゲテ帰ライデト、女ノ思フ情ヲアヂキナク云フガ、オモシロイ。

同じ詩の注であるので、大きく違わないのは当然かもしれない。しかし、蘭山は『唐詩選国字解』をそっくり剽窃していることは明白である。確かに、続〜四編も『唐詩選国字解』の注を借用しているが、鈴木芙蓉の自序や高英の跋にそのことを明記している。これは、厚かましく「高井蘭山　著」と名乗りながら『唐詩選国字解』を剽窃することと比較にならない。ちなみに「長安一片月」句の解釈について、現在の説では、

①一個の月とする説と②一面を照らす月光という説に区分される。[8] ここでは、一方を照らし、もう一方を照らさないという②の解釈で共通する。ちなみに、画本でははっきりと満月が描かれていることを指摘しておく（図2）。

高井蘭山は、天保四年に同じく嵩山房より高井伴寛の名で『新刻唐詩選字引』を出版している。これは、漢字の中国語音と平仄が添えられており、蘭山にある程度漢語の素養があったことは確かである。しかし、この高井蘭山という人物について、曲亭馬琴の評がある。[9]

但し蘭山ハ、相識ニハ無之候へ共、『三国妖婦伝』など著し候仁（ひと）にて、下谷三絃堀ニ罷在候。漢文ハよみ候へ共、小説ものなどハ一向疎く、且戯作之才ハなき老人のよし、及承候。この人の訳文、いかゞ可有之哉。心もとなき事ニ候へ共、切落しの見物ハ、文之巧拙ニも拘り不申もの、多く御座候故、北斎の画ニてうれ候半（そうらはん）と被存候。

（文政十一年（一八二八）正月十七日　殿村篠斎　宛）

高井蘭山あらはし候『水滸画伝』第二編、旧冬出版、当早春借りよせ候て、致一覧候。貴兄ハ未被成御覧候よし。如貴命、画ハさすがに北斎ニ候へバ、不相替よろしく候。乍去、作者より画稿を出さず、画工の意に任せ、かゝせ候と見えて、とかく画工のらくニ画れ候様にいたし候間、初編にハ劣り候様に被存候。

（文政十二年（一八二九）二月十一日　殿村篠斎　宛）

蘭山は、馬琴に代わって『新編水滸画伝』の続きを引き継いだ人物である。本来、『新編水滸画伝』は「曲亭馬琴 訳／葛飾北斎 画」として角丸屋から売り出された。しかし、『近世物之本江戸作者部類』に見える馬琴の言い分では、角丸屋の彫師、米助に無断で借金の保証人にさせられ、角丸屋と喧嘩別れしたという。そのため、馬琴の後を継いで、英屋から出版された『新編水滸画伝』二編を訳した高井蘭山に、馬琴は無関心でいられなかった。しかし蘭山の文章は岡島冠山『通俗忠義水滸伝』を剽窃したという代物で、その訳も「心もとな」く、蘭山訳『新編水滸画伝』は、北斎の絵のおかげで売れたようなものだと批難する。

こうした反省を踏まえてか、六、七編には蘭山独自の注が付けられる。この蘭山注で最も特徴的なのは、詩中に同一の語を重複させていることを意識的に指摘していることである。

天長地闊嶺頭分　　天長く地闊うして嶺頭分る
去國離家見白雲　　国を去り家を離れて白雲を見る
洛浦風光何所似　　洛浦の風光　何の似たる所ぞ
崇山瘴癘不堪聞　　崇山の瘴癘　聞くに堪へず
南浮漲海人何處　　南のかた漲海に浮かぶ　人　何れの処ぞ
北望衡陽雁幾群　　北のかた衡陽を望めば　雁　幾ばく群ぞ
兩地江山萬餘里　　両地の江山　万余里
何時重謁聖明君　　何れの時か重ねて聖明の君に謁せん

（『唐詩選画本』七編巻一、沈佺期「遥同杜員外審言過嶺」詩）

ここで「何」字が三度使われることに、「此の詩何の字が三度在り、伝写の誤りなるべし」という。確かに第三句目は、『国秀集』巻上、及び『文苑英華』巻二百八十九に「洛浦肝腸無用説（洛浦の肝腸　説ふを用ゐる無かれ）」と作るが、『唐詩品彙』以降の明清刊本では「何所似」に作る。しかしそれでも「何」字は五、八句目で重複し、蘭山が精密に校勘した上での指摘とは考えにくい。

去歳荊南梅似雪
今年薊北雪如梅
共知人事何嘗定
且喜年華去復來
邊鎮戍歌連日動
京城燎火徹明開
遙遙西向長安日
願上南山壽一杯

去歳　荊南　梅　雪に似たり
今年　薊北　雪　梅の如し
共に知る　人事何ぞ嘗て定めん
且つ喜ぶ　年華去って復た来たるを
辺鎮の戍歌　連日動き
京城の燎火　明けに徹（いた）るまで開く
遥遥として西のかた長安の日に向かふ
願はくは南山の寿一杯を上（たてまつ）らん

（『唐詩選画本』七篇巻二、張説「幽州新歳作」詩）

この詩も第七句目の「日」字について、「日といへば天子の事になる故事あり一方は天子をさせども、日の字二ツあるなり」と、たとえ第五句目の「日」字と異なる意味であっても、詩語の重複を避けるべきだと主張する。(10)　六、七編にはこのような指摘が少なくない。確かに漢詩という制限された文字数では重複することは好ましくないが、崔顥「黄鶴楼」詩やそれに倣った李白「鳳凰台」詩のように、詩句の重複を逆手に用いて効果的に印象づける手法もある。蘭山の漢詩への理解度に疑問が生じる一例であるが、そもそもこれは画本であり、その注に着目する読者は多くはない。特に北斎という、現在でも見る者を圧倒する絵の前では、注による自説の展開は徒労といって良い。後期画本の注は、飽くまでも北斎の絵の従属に過ぎないからである。

　最後に、小林新兵衛が、漢文に通じているとは言い難い蘭山を画本に起用した理由を穿鑿したい。高島俊男氏は次のように述べておられる[11]。

> もっとも北斎は大芸術家であるから、あつかいにくいところがあったことはたしからしい。たとえば、馬琴がかいた下絵の人物の位置を勝手に変えてしまう。だから馬琴は、この人物は画面の右に置きたい、と思った時はわざと左にかいておく。すると北斎は必ず逆の右へもって行くから、馬琴の思いどおりになったのだそうである。

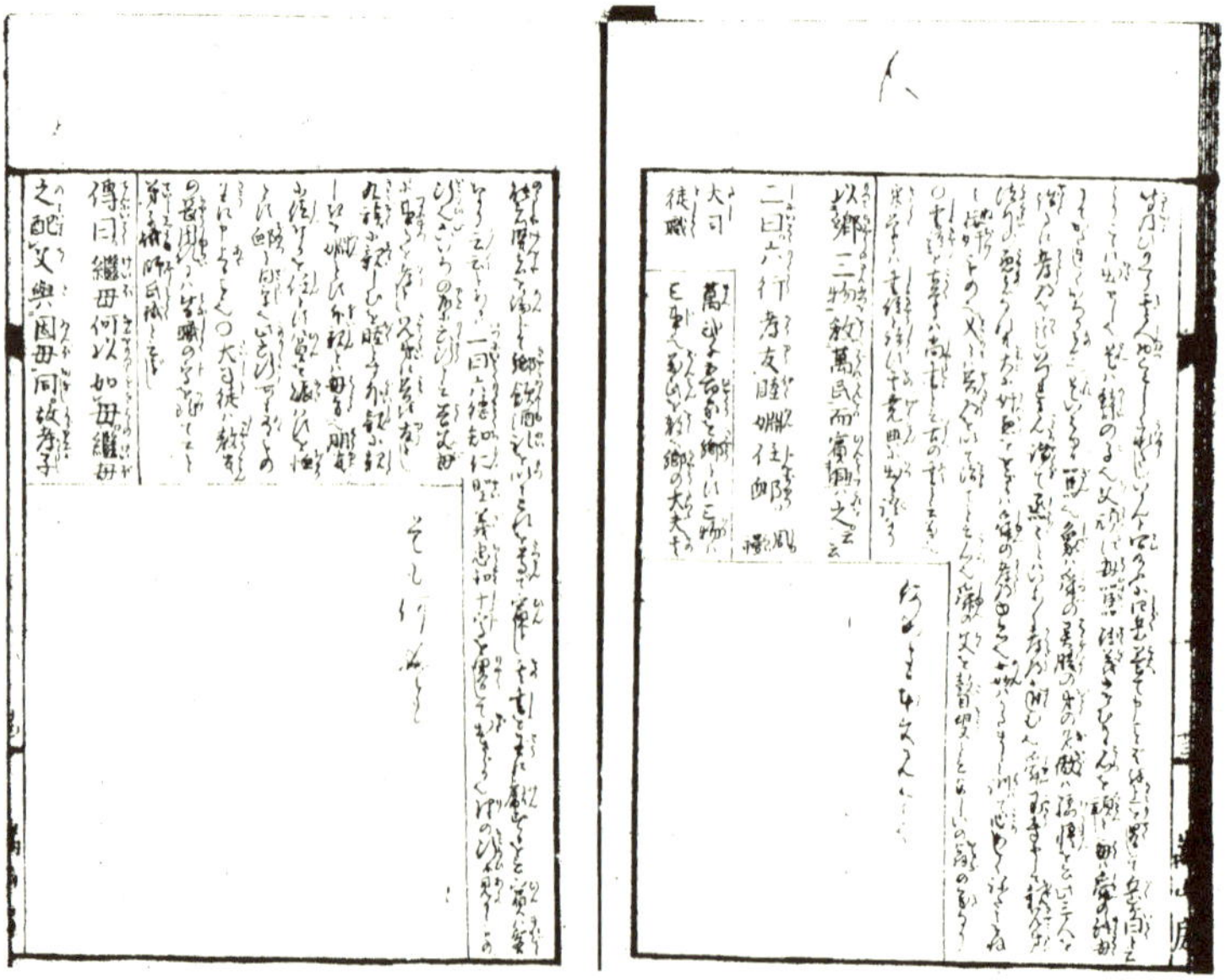

（図３）高井蘭山抄『画本服膺孝語』　国会図書館蔵

馬琴と北斎という両雄が並び立たないことは、『新編水滸画伝』の中断にて知られていた。一方、蘭山の場合、国会図書館に高井蘭山著『画本服膺孝語』の板下草稿がある。これは、挿絵の箇所が空欄になっており、絵師へ構図の指示が朱書きで示されている。しかし後半になるにつれて、「何成りとも画工次第」と絵師任せの箇所が少なくない（図3）。これは事細かく指示した馬琴と対極である。そもそも、先に挙げた駱賓王「宿温城望軍営」詩は、作者が温州を通りかかった際、北夷の侵略に備える軍営を眺望して詠んだ詩であり、その中に三国志の英雄群は出てこない。これは、九句目の「白羽揺如月（白羽　揺いで月の如く）」の蘭山注に、「又一説には、諸葛孔明が白羽扇を持し、三軍を指揮する其の扇の揺くやうすは月のごとくある」とある箇所をうけて北斎が描いたのだろう。その上で両脇に関羽と張飛を描くのは、詩の主眼からかけ離れ、まさしく蛇足である。これは蘭山より構図の指示が無かったからであり、北斎は自由に筆を走らす事が出来た。北斎は六編の各冊の末に藍や椰子などの植物、七編に駝鳥や蟹などの動物の漫画を描く。これらは『唐詩選』とは全く関係なく、北斎の遊び心がそうさせたのだろう。『唐詩選画本』が現在も親しまれているのは、北斎の人気もさることながら、それを許容した蘭山の功績もあるだろう。また、飯島虚心は、馬琴と北斎が喧嘩別れしたために『新編水滸画伝』の訳者を馬琴から蘭山に変更されたと説く。その際、江戸の書肆が一堂に会して、この書が絵本であるため、画工の意に従うべきだとの決定を下したという[12]。現在この説には否定的見解が多いが、本屋の都合で出版方針が左右されたというのは一考の余地がある。以上を要するに、画本の注釈者として北斎と衝突しない蘭山が起用されたのは、小林新兵衛の人材把握と企画運営の手腕によるものであった。

(1)　筆者が確認した初編は文化乙丑（二年、一八〇五）再刻本であるが、橘石峯による天明八年序と朝倉治彦・大和博幸『享保以後江戸出版書目』（臨川書店　一九九三年）に収める天明八年十二月二十三日の割印帖から、初編は天明八年に刊行されたと判る。

(2)　『東京書籍商組合史』（東京書籍商組合事務所　一九二七年）参照。また『東京書籍商組合史及組合員概歴』（同　一九一二年）に小林ケイの伝がある。

(3)　寛政四年（一七九二）刊『古文孝経』は太宰春台が標点を付ける。

(4)　本書第五章「嵩山房小林新兵衛による『唐詩訓解』排斥」参照。

(5)　四方山人（大田南畝）『通詩選』三部作とは、天明三年（一七八三）刊『通詩選笑知』（五言絶句）、天明四年（一七八四）刊『通詩選』（七言古詩）、天明七年（一七八七）刊『通詩選諺解』（七言絶句）である。

(6)　曲亭馬琴『近世物之本江戸作者部類』巻二「曲亭主人」参照。

(7)　当時の物価は、小野武雄『江戸物価事典』（展望社　一九九八年）による。

(8)　詳しくは近藤光男「唐詩の言語—長安一片月」（『思想の分析』第十四号　一九五六年）、松浦友久「長安一片月—「一片」の用法と詩語としての性格—」（『目加田誠博士古稀記念中国文学論集』龍渓書舎　一九七四年所収。また『詩語の諸相—唐詩ノート—』研文出版　一九八一年に「長安一片月—「一片」の用法とそのイメージ」と改題して再録）等を参照。

(9)　『馬琴書翰集成』第一巻（八木書店　二〇〇二年）参照。

(10)　この第七句について、『唐詩選国字解』の注には、「イマ遥ニヘダテ、アルコトユヘ、セメテノ志ニ西ノ方、長安ノ日ニ向テ、タヾユクコトハナラヌ。願ハクハドウゾ天子ニ壽ヲ上ゲタイモノデアルト。君ヲワスレヌ志ヲイフ。〝長安近日〟トイフ語ガアルニヨッテ、日トイヘバ天子ヘアテヽ云」とある。

(11)　高島俊男『水滸伝と日本人』（大修館書店　一九九一年）参照。

(12)　飯島虚心『葛飾北斎伝』（蓬枢閣　一八九三年）参照。

第七章　宇野東山による『唐詩選』注の演変

──日本における呉呉山注『唐詩選』の受容──

第一節　はじめに

江戸期の海禁政策──所謂鎖国体制は、本来キリスト教迫害が主たる目的であったが、海外に依存せずとも高度な文明を保つことが可能な土壌があってはじめて成立する。ところで、李攀龍選『唐詩選』は、明代において様々な注釈書が出版されたが、それらが全て商賈の為せる営利出版物で、真贋明らかならずとなれば、日本国内で独自に無注本を作ったり平易な注解を施したりするのは自然な流れであろう。就中、唐詩の視覚的効果を狙った『唐詩選画本』、その解釈を短編小説の読本とした『俗談唐詩選』、狂詩としてパロディ化した『通詩選』等は、国風文化と融合した副産物といえる。しかし鎖国による情報不足の弊害として、唐に対する誤解を生じさせやすい危険が伴う。『唐詩選画本』初編、陳子昂「贈喬侍御」詩に描かれる旗手は清朝の風俗である八旗軍の帽子をかぶり（図1）、同七編、李憕「奉和聖製従蓬萊向興慶閣道中留春雨中春望之作応制」詩では、むしろ日本の農作業風景が描かれている（図2）。

かかる状況下において、宇野東山（一七三〇～一八一三）の施した『唐詩選』注本が数種出版された。その

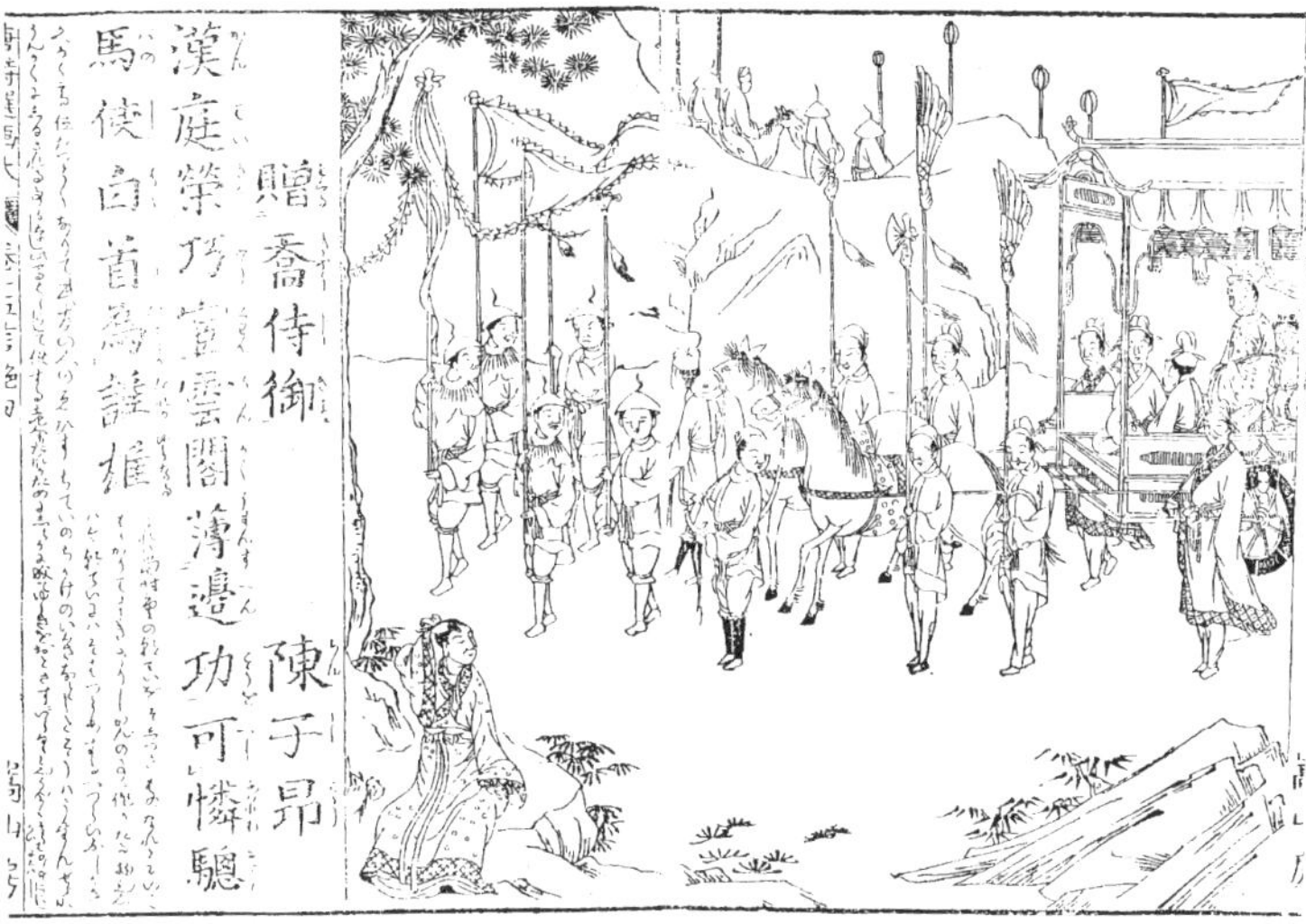

贈喬侍御
陳子昂
漢庭榮巧宦雲閣薄邊功可憐驄馬使白首為誰雄

（図1）

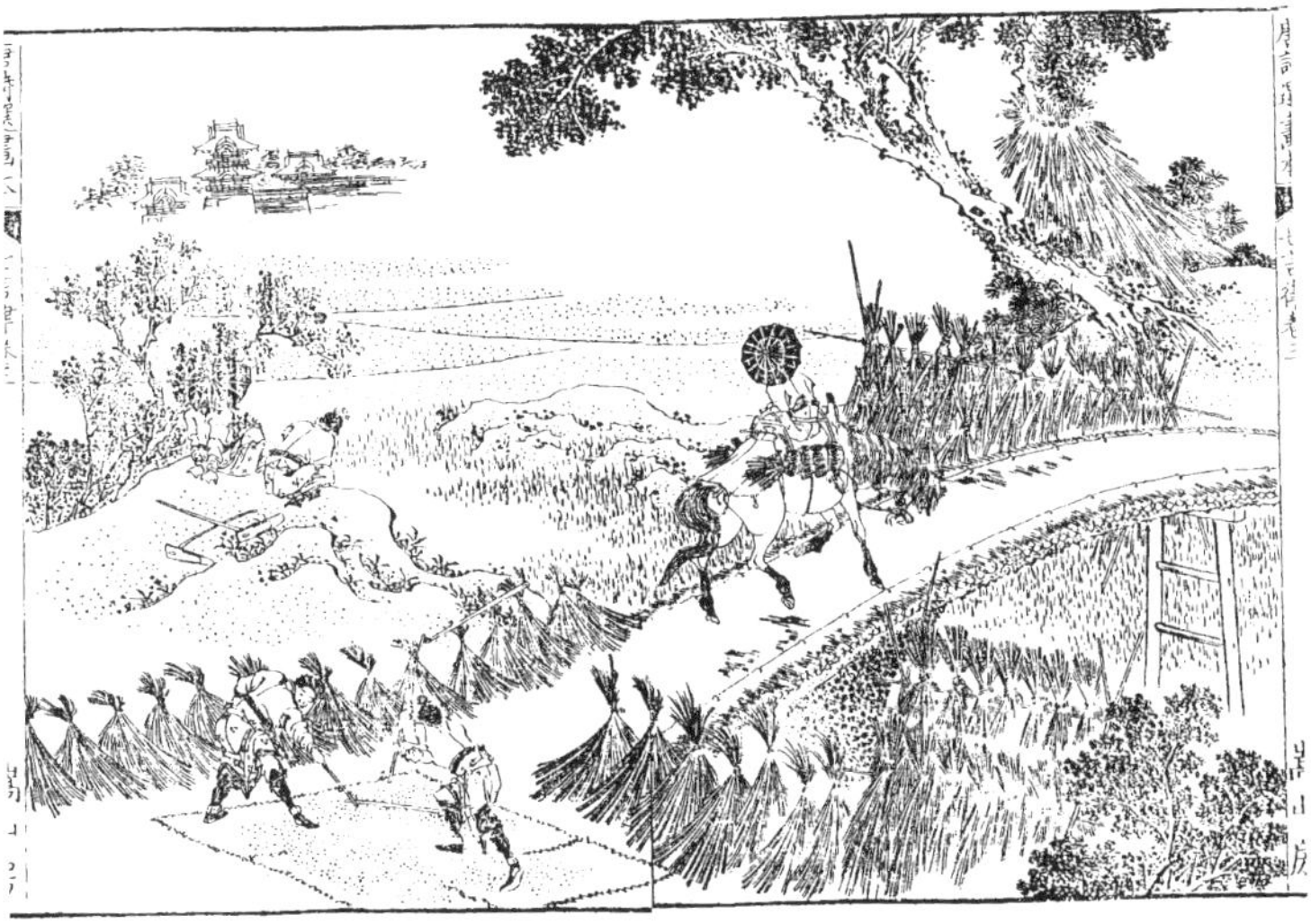

（図2）

注は、文末が「～そうぢゃ」「～がよい」等、口語調で書かれた講義録であり、それが幾度も改版されたことは、東山が長い間『唐詩選』を用いた講義を行っていたためであり、改訂された箇所に東山の唐詩観の変遷の過程が窺える。本章では、東山の著した『唐詩選』注本の演変から、近世日本の唐詩受容の一斑を論じるものである。

第二節　宇野東山による『唐詩選』注本

宇野東山という人物について、名は成之、字は子成。号は東山、耕斎。江戸の人。代々医学者の家系であったが、方技、すなわち祈祷や風水による治療法に疑問を持ち、漢学の道に進むべく清水江東（大坂屋嘉右衛門）に師事した。訓詁学に通じ、その著作に『四書国字解』『詩経国字解』『書経国字解』『列子国字解』『呉子国字解』『蒙求国字解』があり、漢文が不得手な者の一助となるよう努めた。彼こそが唐詩を学ぶ者の入門書『唐詩選』の注釈者として相応しい人物といえよう。さて、東山の著と思しき『唐詩選』注本は以下の四種がある。

①『唐詩国字辨』七巻　京都書肆・文林軒田原勘兵衛の出版である。刊行年は三度に分けられており、巻一・二が明和三年三月、巻六・七が明和四年十一月、巻三・四・五が明和七年七月である。[1]一度に出版しないのは、販売を急いだことや丁数を減らして安価に抑えるねらいもあったのだろう。しかしこれは飽くま

でも『唐詩選』注本である。当時、無注本『唐詩選』を出版していた江戸書肆・小林新兵衛はその版権を求めて裁判を起こしていたことが京都の本屋仲間の書状往来記録『済帳標目』に見える。

一、唐詩国字辨出入之事　田原勘兵衛より口上書。（明和四年正月〜同五月）

一、江戸須原屋新兵衛殿、当地田原勘兵衛方　唐詩国字辨之義ニ付及出入、則廿九日就此義勘兵衛江戸表へ出立、則江戸行事中より付状、同江戸行事より到来書状、同十二月帰京、御添翰頂戴ニて再ヒ江戸へ出立、御添翰御訴訟、江戸行事中へ之添状等之一。（明和七年十月八日）

一、唐詩国字辨　板行願之年号月日書付上ル事。（明和八年五月〜同九月）

一、唐詩国字辨　江戸表ニて御裁許、絶板被為仰付候一件。

一、右国字辨　板木之義、京都御役所へ差上候事。（明和九年正月〜同五月）

一、唐詩国字辨之義ニ付、江戸小林新兵衛、当地田原勘兵衛出入有之、田原勘兵衛被罷下、御評定所ニて絶板被仰付候事。（明和九年五月〜同九月）

田原勘兵衛は嘗て翻刻した『唐詩訓解』という李攀龍『唐詩選』類本が偽書と批判され、その後釜として出版したのが『唐詩国字辨』である。しかし、これも訴訟の対象となり、裁判によって販売停止となった書物である。(2)

②『唐詩選諺解』三冊　書扉に「東都書肆　潜龍堂藏」とあり、刊記にも「明和四年丁亥五月　江戸書肆

潜龍堂　湯嶋天神下同朋町　庭川庄左（ママ）衛門　板行」とある。しかし内題以外は『唐詩国字辨』と同一内容である。若干の違いといえば、詩の本文と双行注の境界に罫線が入っている点が挙げられる。村上氏によると、両者に共通の祖本（原稿）があり、それを底本に江戸と京都でほぼ同じに出版されたと推測される[3]。しかし筆者はこの刊行年に疑問を抱いており、①の『唐詩国字辨』を履刻したものが該書であろうと考える。その理由として、両書とも巻二、七言古詩は杜甫「飲中八仙歌」で一度「巻二終」と巻が終わっている。そして「哀江頭」から新たに「唐詩国字辨／唐詩選諺解　巻之二」と内題が入る。この箇所の版心を見ると、『唐詩国字辨』は新たに一から頁数を数え直し、魚目には「後」と記されている。一方、『唐詩選諺解』では「飲中八仙歌」の第二十九葉目から引き続いてカウントされている。要するに、『唐詩国字辨』は刊行年からも判るように分割して販売しされたが、一度に販売されたと思しい『唐詩選諺解』には巻二を分冊する理由が見えない。たとえ刊記通り『唐詩国字辨』が後発だとすると、同時進行で『唐詩選諺解』が刊行されたため分割する必要はない。また、先の『済帳標目』に見えるように、嵩山房は文林軒にのみ訴訟を起こし、潜龍堂に提訴しない道理はない。庭川庄右衛門が同じ江戸書肆であれば、嵩山房の目を逃れることはあり得ない。特に大田南畝『通詩選』三部作の一つ、『通詩選諺解』はこの書名に由来しており、当時は広く認知されていた書名である。これは京都と江戸という出版地の違いもあり、当時の版権を所有する本屋仲間の影響の大きさが窺える。

③『唐詩選解』三巻　嵩山房刊。編著者に「東都　宇成之　述」と宇野東山の名が明記される。刊記に「天明三年癸卯八月再刻　宇野耕齋塾板」とあることから、村上氏は明和元年頃に初刻があったのではないかとするが、ここでいう初刻とは『唐詩選諺解』の事を指し、改訂版として天明三年に本書が出版されたことに

ついて後に論述したい。

④『唐詩選辨蒙』七巻　天明六年刊。書名には「呉呉山附注」と冠されている。編著者には「東都　宇成之著」とある。先の『唐詩選解』とともに嵩山房の刊行。次節ではこの書を中心に論を立てる。

第三節　呉呉山に関する情報

『唐詩選辨蒙』に冠された呉呉山という人物について、本名は呉儀一（一六四七〜?）、字は舒鳬。銭塘（現在の浙江省杭州市）の人である。[4] 清代の戯曲に『呉呉山三婦合評牡丹亭還魂記』『呉呉山三婦合評西廂記』があり、彼の三人の妻（陳同・談則・銭宜）の名は、清初江南では一つのブランドとして確立されていた。『唐詩選辨蒙』の底本として、呉呉山による『唐詩選』注本がある。清朝による異民族統治下において、『唐詩選』は国家主導の文化政策の中で偽書と断じられた。その後、『唐詩選』は中国ではほとんど出版される事は無く、忘れ去られた存在であった。しかし、清末になると、この呉呉山注『唐詩選』は石印本として覆刻された。跋文に「呉逸老人」との号を用いているところから、呉呉山の晩年、すなわち康熙年間（一六六二〜一七二二）中葉の刊行であろう。

この呉呉山注『唐詩選』が何時ごろ日本に舶来したかは不明であるが、これを底本とした『唐詩選辨蒙』巻一、「李攀龍唐詩選序」の注には、呉呉山に対して、情報不足による誤りが見られる。

扨、詩ハ唐人ガ上手ニ作ルト云ヘドモ、諸体ヲカヌルコトナラズ。律詩ニ巧ミナルハ絶句ニ拙ク、歌行ガ上手ナレバ律詩ヲ得サルニヨリ、明ノ代ニ滄溟ガ唐詩アマタノ中ヨリヱラビアゲタルガ唐詩選ノ選ナリ。ソノ後ニ明ノ呉々山ガ于鱗ノ選ニ後人ノ混入シタル詩ヲカリステ、足サルヲ増補シテ注シタルヲ唐詩選附注ト名付テ選者ノ一人トスルモノ也。

呉呉山自身が中国でもあまり知られていないこともあるが、傍点部が示すように明人と誤る。[5]これは当時、明人の手による『唐詩選』類本が世に蔓延していたためである。しかしこの呉呉山注本は、明代の李攀龍『唐詩選』とは一線を画している。その理由として、編著者名に「李滄溟　原本」と示していることが挙げられる。これは『四庫提要』が『唐詩選』を総評して、「皆坊賈の為る所なり」と断じたように、明末清初には第三者の手が入った『唐詩選』類本が多数出回り、既に『唐詩選』＝偽書というイメージが定着していたことを意味する。呉呉山注本の特徴として、その収録詩数を見ると、通行本『唐詩選』が四百六十五首であるのに対して、呉呉山注本は四百六十首と五首少ない。これは、原本から後人が混入した詩を切り捨て、後人が削除した詩を再度加え入れたためとして、他にも呉呉山による附録詩百四十一首が増補される。それに対して『唐詩選辨蒙』の場合、丁仙芝「餘杭酔歌贈呉山人」詩が収められていないが、呉呉山注本が操作した五首の異同はない。丁仙芝詩については、巻二の末尾にあるため、思惟性をもって削ったのではなく、単なる欠落と思われる。しかし『唐詩選辨蒙』に附録される八十二首は、呉呉山注本と同じ詩を同じ箇所に増補する。

第四節　宇野東山注の推移

さて、東山が『唐詩選』にそれぞれ注を施す中で、どのような変化が見られるのであろうか。本節にて、数首を挙げて検証してみる。なお、『唐詩選諺解』は『唐詩国字辨』と同じ内容であるため同一視して考える。

『唐詩選』巻一に収める李白「子夜呉歌」は、呉の子夜という女性の悲歌で、四時歌のうち第三首目、秋の歌である。起句の「長安一片月」について、現在でも解釈が争点となっている[6]。そこで東山の解釈を見てみよう。先ず『唐詩国字辨』と『唐詩選解』は同内容である。

一片ハ片方ノコト。一片ノ月トイヘバ、夜フケガタノ月ニナル。野ハラノヤウナラバ一面ニテラセドモ、長安ハ家居ガツヾイテアルユヘ、一方ハテラシテ、一方ハテラサヌ。

ここでは、月の光が照らさない片側、家々の影のことを「一片」であると説く。さて、後の『唐詩選辨蒙』では、その解釈に無理があったことを認めている。

一片ヲガタ〳〵トミルハ沙汰ノ限リ文盲ナルコトナリ。予『諺解』ヲ作リタルハ弱年ノ時ニテ、誤ツテ片方ノコトトセリ。一片ハ只ヒラ〳〵トシタル月ヲ云フ。片玉片石ナドモ玉ノヘゲタルト石ノヘゲタルナリ。

東山は嘗ての自説を「文盲」と否定し、「一片」は片玉や片石のように、欠けたものとして満月ではないと解釈する。しかし、前章で既に論じたように、天保三年（一八三二）刊の『唐詩選画本』五編でははっきりと満月が描かれている。ここに「予『諺解』を作りたるは弱年の時にて」という表現があることに注目したい。前節では、『唐詩国字辨』及び『唐詩選諺解』は、宇野東山の著作であることが明示されていなかったが、この記述から東山の著作である事が判る。さすれば、『唐詩国字辨』と『唐詩選諺解』が『唐詩選辨蒙』の二十一年前、東山三十一歳の時に刊行されたとする両書の刊記は正しい事が判る。

それでは、『唐詩選辨蒙』が呉呉山の注を引用する箇所を見てみよう。巻一、杜甫「玉華宮」詩について、この玉華宮は、太宗の貞観二十年（六四六）に造営された離宮というのが通説である。呉呉山は三句目の「不知何王殿」を根拠に否定する。

按『寰宇記』云、玉華宮、正殿覆瓦、餘皆葺茅。宮前有溪曰、醽醁、取溪色如酒色之碧也。又『地理志』云、唐貞觀二十年置玉華宮。永徽二年廢宮爲玉華寺、非也。若是太宗所置少陵、必肅然起敬。豈作不知何王殿語。漫寄感慨。梅聖兪云、宮近有苻堅墓。美人一段、益傷堅也。則此宮非唐置、可知矣。

按ずるに『(太平)寰宇記』に云ふ、玉華宮、正殿　瓦を覆ひ、余りは皆　茅にて葺《おほ》ふと。宮の前に渓有りて醽醁と曰ふ、渓色を取ること酒色の碧なるが如きなり。又『地理志』に云ふ、唐貞観二十年玉華宮を置き、永徽二年（六五一）宮を廃して玉華寺と為すは、非なり。若し是れ太宗の置く所の少陵なれば、必ず粛然として敬を起こす。豈に「不知何王殿」の語に作らんや。漫ろに感慨を寄す。梅聖兪（堯臣）云ふ、宮の近くに苻堅の墓有り。美人の一段、益々堅を傷ましむるなりと。則ち此の宮唐置くに非ず、知るべし。

すなわち、「何王」を苻堅と捉えている。『唐詩選辨蒙』では、この説を題下注と三句目の割注で「呉々山」の名を挙げて引用している。

〔題下注〕宮ハ坊州宜君縣ノ鳳凰谷ニアリ。宮前ニ溪アリ。醽醁ト云フ溪色、酒色ノ碧如クナルヲ以テ玉華ト云フ、唐ノ貞觀二十年ニ置（ママ）玉華宮ヲ置ク。永徽二年ニ宮ヲ廢シ、ソノ跡ヲ玉華寺ト云フ、コノ説非ナリ。若シ太宗ノ置ク処ナラバ「不知何王殿」ト云ハマジト呉々山云ヘリ。

〔割注〕呉々山ガ説ニハ、コノ句ニヨリテ考ルニ、太宗ノ置ク処ノ宮ニアラズ。下ニモ亦「美人爲黄土」トノ句アリト云ヘリ。一説ニハ太宗ノコトナレドモ、當時ヲ憚リテ、ワザト何王ト云ヘリト。兩説イヅレカ可ナラン。考フルベシ。

次に、呉呉山注本では、通行本『唐詩選』巻四、杜甫「冬日洛城北謁玄元皇帝廟」詩の題と文字の異同がある。『唐詩選辨蒙』も呉呉山注本に従って「冬日洛城謁玄元皇帝廟」と作り、

今ノ唐詩選ニハ、洛城北トアレドモ、呉々山ガ説ニヨレバ、北字ノアルハ誤ヂャ。廟有呉道士畫五聖圖ト云フハ、杜甫ガ注デアル。然レバ題ニハナイガヨイ。

と注する。すなわち、「北」字は衍字であり、「廟有～」以下は自注であるため詩題から外すと述べる。実は、『唐詩選辨蒙』に先行する『唐詩選解』も同様の注を附けている。『唐詩選解』が呉呉山に言及するのはここだけであるが、『唐詩選解』が成立した段階で、東山は既に呉呉山注を見ていたのは明らかである。つまり、『唐詩選解』と『唐詩選辨蒙』は比較的近い時期の天明年間に出版されたことが判る。ちなみに明和年間に出版された『唐詩国字辨』は通行本『唐詩選』と同じく「冬日洛城北謁玄元皇帝廟廟有呉道士画五聖図」のままであり、東山は呉呉山注本を見たのちに「冬日洛城謁玄元皇帝廟」に改めたことが判る。なお、杜甫詩集四十種の中、通行本『唐詩選』と同じ詩題にするのは『唐李杜詩集』と『草堂詩箋』だけである。また「北」字を削るのは呉呉山注本と『唐詩選解』『唐詩選辨蒙』だけである。

最後に、李白「経下邳圯橋懐張子房」詩の詩題にある「圯橋」という語句について、『唐詩選辨蒙』には次のようにある。

呉々山ガ註ニ、東楚橋ヲ圯ト云フ。『淮邳郡志』ニ皆圯橋ト稱ス。『訓解』ニ圯橋トモニハシナルヲカサネ用ユルニヨリ、是レヲ非トスルハ未ダ歴志ヲ考ヘヌユヘ誤ツタト云フ。

すなわち、「圯」とは楚の方言で橋の意味を表し、意味が重複すると言われるが、『淮邳郡志』によると「圯橋」の二字で橋の意味であると説く。ここで引く呉呉山注は次の通り。

按『説文』、東楚謂橋爲圯。然『淮邳郡志』皆稱圯橋。當自唐時已然。或以二字不應復用噬白、未考志也。

按ずるに『説文』にいふ、東楚　橋を謂ひて圯と為すと。然るに『淮邳郡志』に皆　圯橋と称す。当に唐の時より已に然るべし。或いは二字を以て応に復用すべからずして（李）白を噬ふは、未だ志を考へざるなり。

この注には王琦も賛同し、『李太白文集』巻二十二の同箇所では庾信「呉明徹墓誌銘」の「圯橋取履、早見兵書（圯橋にて履を取り、早や兵書を見る）」を引いて傍証する。王琦は、『李太白文集』の中で呉呉山注本を屢々引用している。例えば、この詩の六句目「天地皆震動」を呉呉山注は「天下皆振動」と作り、その理由として、

按良云、不愛萬金之資、爲韓報仇強秦。天下振動。太白正用其語也。振動屬人、天地何震動之有。刻本改地字震字。反不切實。

按ずるに（張）良云ふ、万金の資を愛さず、韓の為に仇を強秦に報ゆ。天下振動すと。太白　正しく其の語を用ゆるなり。振動　人に属し、天地　何ぞ震動すること之れ有らん。刻本「地」字「震」字を改む。反つて切実ならず。

と、『史記』張良伝に「天下振動」とあること、また、天災の震動を使うことは誤りとする。王琦も「呉舒

蒙』では言及されない。しかし思わぬ方向からこの異同の指摘がある。

知名度は限られており、無論当時の日本人にはほとんど知られていなかった。なお、この異同は『唐詩選辨

舒晃という呼称は見えないが、王琦は呉呉山と同郷人であり、面識もあったと考えられる。しかし呉呉山の

晃云……」としてこの説を採る。第四章でも詳述したように、舒晃とは呉呉山の字である。呉呉山注本に呉

李白ガ下邳ヲ経ルノ、天地皆震動スルヲ王琦ガ注本ニ云フ、呉舒晃云、張良傳云、不愛萬金之資、爲韓報仇強秦。天下振動。太白正用其語。刻本改爲天地震動。天地何震動之有邪ト。コレニ依レバ、天下ニ作ルヲ勝レリトスベシ。

（市河寛斎『談唐詩選』「改正五七言古詩文字」）

市河寛斎は『李太白文集』王琦注から、呉舒晃の説を孫引きするが、この表現を見る限り、寛斎には呉舒晃＝呉呉山という認識がなかった。寛斎が目睹した『唐詩選』について、

大抵ミナ當時名家ノ評注ト稱シテ世人ヲ欺ムク、晉陵蔣一葵箋釋ト稱スアリ。又袁宏道注釋ト題シテ唐詩訓解ト稱スルアリ。又鍾惺譚元春同評ト稱スルアリ。又李于鱗選注陳繼儒增評ト題シ、唐詩狐白ト稱スルアリ。又蔣一葵箋釋唐汝詢參注徐宸重訂ト題シテ、唐詩選彙解ト稱スアリ。其他釋大典稱スル所ノ鍾惺評注劉孔敦批點ト稱シ、蔣一葵箋釋黃家鼎評訂ト稱スル者ハ余未タコレヲ見ズ。

（同「唐詩選僞本甚多」）

とあるように、ここには多くの版本の名が記されるが、呉呉山注本への言及がない。寛斎の『談唐詩選』は、当時蔓延する『唐詩選』崇拝批判の書である。もしこれが呉呉山注本と承知していれば、寛斎は何らかの言及をしているだろう。これは、日本で呉呉山注本が稀覯本であったことを表している。

第五節　十八世紀日本における唐本『唐詩選』

『唐詩選辨蒙』は、呉呉山附注と名乗るものの、呉呉山注本を翻刻した訳ではない。それは「辨蒙（初学者に便なるもの）」という書名から判るように、その序文に、

呉呉山者、刪補『唐詩選』、又附注事跡、可謂精之精、嚴之嚴也。然異郷難通其意。今也以片字解釋、聊便于童蒙、此筌蹄者也。

呉呉山は、『唐詩選』を刪補し、又事跡を附注し、精の精、厳の厳と謂ふべきなり。然るに異郷　其の意通ずること難し。今や片字を以て釈を解き、聊か童蒙に便なるは、此れ筌蹄なる者なり。

と、漢文を解しない者でも呉呉山の注を理解するために国字を用いて『唐詩選』に注したと述べる。しかし、その実態は、呉呉山の注を忠実に解釈したものではなく、呉呉山の注に言及している箇所は、前節で挙げた三首と高適「宋中」詩のみである。それ以外では、詩題の校勘、作者小伝、附録詩に呉呉山の注を参照した

であろう痕跡が窺える程度である。これをもって『唐詩選辨蒙』を呉呉山附注と名乗ることは無理がある。これは原本とする呉呉山注本が入手困難であり、東山自身は所有しておらず、他人から一時的に拝借していたのだと推測する。十八世紀以後の唐本輸入の研究では、『唐詩選』が将来された例は殆ど無い。[7] 思うに、当時最早『唐詩選』は日本文化の一つとなり、鎖国体制の下で複雑な手続きを踏んでまで中国の『唐詩選』注本を齎す必要は無かったからであろう。現に日本で確認できる呉呉山注本は、わずかに国立公文書館蔵本と東北大学教養部蔵本の二部だけである。前者は「蒹葭蔵書」との蔵書印があるように、本来は木村蒹葭堂（一七三六～一八〇二）の蔵書を昌平坂学問所に献上したものである。木村蒹葭堂は大阪の蔵書家として、幅広い交際を持ち、友人に自分の蔵書を披露していた。蒹葭堂の交友録に宇野東山の名は見えないが、東山はこの蒹葭堂本を見て『唐詩選辨蒙』の出版に思い至ったのではないかと推測するものである。

---

(1) ただし下冊巻末には「五言古、七言古、五絶、七絶出來　明和七年寅七月」と記されている。また、上冊の刊期を記した最終頁のみ他の丁数と匡格の体裁が異なり、果たして天明三年の刊行か疑わしい。

(2) 両者の争いは、しばらく続き、嵩山房の『唐詩選辨蒙』に対しても『済帳標目』の天明七年五月より九月までの条に、「一、呉々山唐詩選便蒙之一件」とあり、田原勘兵衛が訴訟を起こしていたことが判る。

(3) 村上哲見「『唐詩選』と嵩山房―江戸時代漢籍出版の一側面―」（『日本中国学会創立五十年記念論文集』

（汲古書院　一九九八年）参照。

（4）本書第四章「清初における『唐詩選』注本の刊行―呉呉山注『唐詩選』について―」参照。

（5）孫琴安『唐詩選本提要』（上海書店出版社　二〇〇五年）でも呉呉山注本を「明李攀龍撰、呉逸注。有明刻本。呉逸生平不詳、蓋明末人」と誤る。

（6）詳しくは近藤光男「唐詩の言語―長安一片月」（『思想の分析』第十四号　一九五六年）、松浦友久「長安一片月―「一片」の用法と詩語としての性格―」（『目加田誠博士古稀記念中国文学論集』龍渓書舎　一九七四年所収。また『詩語の諸相―唐詩ノート―』研文出版　一九八一年に「長安一片月―「一片」の用法とそのイメージ」と改題して再録）等を参照。

（7）大庭脩『江戸時代における唐船持渡書の研究』（関西大学東西学術研究所　一九六七年）参照。

第八章　早稲田大学図書館所蔵 天明二年初版『唐詩選国字解』校勘記

第一節　はじめに

『唐詩選』の注釈書として名高い『唐詩選国字解』は、服部南郭（一六八三〜一七五九）の没後三十年近くを経てから、服部家と代々交流のあった江戸書肆・嵩山房より出版されたものである。しかし、明和年間に上梓された京都の文林軒による『唐詩国字辨』や江戸の潜龍堂による『唐詩選諺解』などと体裁や注の内容が酷似し、且つ南郭らしくない初歩的な誤りも指摘されていることから、その信憑性が疑われてきた[1]。また、南郭の講義録を記した門人・林元圭なる人物についても不明のままである。『唐詩選国字解』出版に至る経緯について、嵩山房の主人・小林新兵衛高英が記した寛政三年（一七九一）四月の序文に次のようにある。

> 自有南郭先生、而世知有『唐詩選』。然而初學之人苦不能得其解。北越林玄(ママ)圭氏毎聽先生之講此書、隨而記其言、積爲數卷。而將歸郷、謂先人曰、「先生常曰、詩之義因泛然。故人欲頼注釋而解之、而竟失其本根。是所以悪詩之有解也。雖然寒郷無詩友。且初學未有所聞者、無解則何因得逆作者之意哉。故我欲公之、悉與吾子。吾子謀之。」先人受而藏焉。天明壬寅歳、請縣官、蒙許梓行。因以玄(ママ)圭氏所名之國

字解爲題。刻既成矣。無幾罹災。故重刻之。

南郭先生有りてより、世『唐詩選』有るを知る。然るに初学の人 其の解を得る能はざることを苦しむ。北越の林元圭氏 先生の此の書を講ずるを聴くごとに、随ひて其の言を記し、積みて数巻と為す。而して将に帰郷せんとして、先人に謂ひて曰く、「先生 常て、詩の義 泛然たるに因れり。故に人 注釈を頼みてこれを解せんと欲し、竟に其の本根を失ふ。是れ詩の解有るを悪む所以なりと曰へり。然りと雖も寒郷に詩友無し。且つ初学の未だ聞く所有らざる者 解無くんば則ち何に因りてか作者の意を逆ふを得んや。故に我 これを公にせんと欲す。悉く吾子に与へん。吾子 これを謀れ」と。先人受けて焉に蔵む。天明壬寅の歳（二年、一七八二）、県官に請ひて、梓行を許さるることを蒙る。因りて元圭氏 名づくる所の『国字解』を以て題と為す。刻 既に成れり。幾ばくも無くして罹災す。故に重ねてこれを刻す。

四代目店主・高英が家業を継いだのが天明七年（一七八七）のことである。ここでは、先代・裕之が林元圭より南郭の講義録を受贈し、天明二年に初版が完成したが、火災で版木が焼失してしまったために寛政三年に改めて彫り直したと説かれている。現在、巷間で見かける『唐詩選国字解』は、この序文を附した所謂寛政三年六月版、或いは文化十一年（一八一四）六月版[2]、明治十五年（一八七八）六月八日版（以後、これらを通行本と称する）であり、天明二年の初版本を目にすることは無かった。日野龍夫氏も「天明二年の初版は、実際には印刷・売出しが行われなかったと見てよいだろう」と述べておられる[3]。筆者も高英の述べる天明二年本の存在自体を疑っていた。『済帳標目』等を手がかりに嵩山房と文林軒との『唐詩選』をめぐる版権争いを調べると、天明四年に文林軒より『唐詩選解』の没収、寛政二年に両者の連名による『唐詩選辨蒙』の共同出版をもってひとまずの決着を迎えている。また、嵩山房の大ヒット商品『唐詩選画本』初編も「天明八年初版」と謳うが、現存するのは概ね文化二年再刻本である。つまり、天明期の段階では、嵩山房は『唐詩選国字解』以外にまとまった『唐詩選』注釈書を出版した実績に乏しかったのである。

ところが、早稲田大学図書館の服部文庫には南郭以降代々伝わる服部家蔵書が寄贈されており、その中に天明二年版の『唐詩選国字解』が存在することを確認した。(4) 服部文庫とは、南郭九世の孫・元文氏が早稲田大学の講師を勤めた縁から、服部家に代々伝わる蔵書や書簡、総計二八三四部・九二〇二冊を寄贈したものである。この天明二年版『唐詩選国字解』を閲すると、題簽には破れがあるものの通行本と同様のものが第一冊目にのみ貼られている。ただしこれは後に補装した可能性もあろう。刊記には、「天明二年壬寅正月　書肆　江戸日本橋南貳町目西側角　小林新兵衛　梓」の日付があり、おおいに初版の可能性を持たせている。版框は通行本と等しく高18.7cm ×寛14.2cm の白口、四周単辺、半葉あたり十一行であるが、一見して違いが判るのは紙のサイズである。普段見かける通行本は半紙本（高22.3cm ×寛15.3cm）であるが、この天明二年版はその一回り大きい美濃本（高26.6cm ×寛18.0cm）である。また、国字解にあたる双行注が通行本より字間が寛く、余裕をもたせており非常に読みやすい。そこで必然的に天明本のほうが丁数が多くなっている（下表）。これは通行本が出版経費を節約するために字間を詰めたと見るべきであろう。そして当然ながら、天明二年の時点では未だ家督を継いでいない小林高英による

丁数比較表（単位：葉）

	天明本	通行本
附言	8	6
巻一	10.5	8.5
巻二	37.5	28.5
巻三	27.5	22.5
巻四	27	21
巻五	35	28
巻六	18	15
巻七	39	37

前述の序文も無い。ここで特筆すべきは、天明本の巻七にあたる四冊目の第一葉から第五葉までに亘って焼け跡が見られ、第六葉が欠落しており、恰も罹災をくぐり抜けてきたかのごとき爪痕を残す。しかし高英の序によれば、焼失したのは版木であるため、これによって火事を証明するのは不十分である。確かに紙や版木を多数所有する本屋にとって、火事は屋台骨を揺るがす大事である。天明二年から再刻の寛政三年までに発生した火事について、吉原健一郎「江戸災害年表」[5]によれば、天明六年正月二十二日巳半刻に、湯島で出火した火事が日本橋にも及び、深川熊井町（現在の江東区）付近まで大規模に延焼したことが記録されている。また「天明の大飢饉」とも呼ばれた天明三年の異常気象の時には、寒い日が続いたために、至る所で記録に残らないような小火（ぼや）も頻発したという。これらの火事が嵩山房にどのような影響を与えたかの情報を持ち合わせていないが、今後、書肆の出版活動と火事の相関関係を検証する必要があるだろう。

本章では、服部文庫にのみ存在する天明二年版『唐詩選国字解』を、果たして初版と認めてよいものかどうか検証する。天明本の国字解の表記を通行本と詳細に比較して、その校勘の調査結果を分析する。

第二節　校勘調査報告

『唐詩選国字解』は入門書として、訓点だけでなく処々ルビが施されている。天明本と通行本を比較すると、天明本の方がより丁寧にルビが付いている。これは国字解ものが初学の者が読むことを想定した書であるという前提によるものである。ここで、校勘にあたって注視したのが双行で書かれた国字解の文章である。

本節における校勘調査の凡例は以下の通り。

一、天明本の底本は早稲田大学図書館服部文庫に所蔵する。
一、天は天明本、通は通行本（寛政三年版、文化十一年版、明治十五年版の半紙本）を示す。
一、底本に則して出来る限り忠実に翻字するが、読みやすさを考慮して適宜句読点や濁点を付け、漢字表記に改めた。
一、旧漢字、略字、俗字ともに常用漢字に改めた。
一、通行本の底本には主に寛政三年本を使用し[(6)]、適宜他版本及び日野龍夫校注『唐詩選国字解』（日野校注本と略称する）を参照した。
一、〔　〕で示した詩句は、国字解に対応する箇所を示す。
一、異同のある箇所は**ゴチック体**で示す。
一、説明が必要な箇所には※をつけて簡単な考察を加える。

「唐詩選序」
〔七言～有之〕　天初唐体ト云ハ、**字**少ナニ云テモスム処ヲモ、
　通初唐体ト云ハ、**文字**少ナニ云テモスム処ヲモ、
〔太白～欺人耳〕　天**トキ〴〵**彊弩之末、間々弓勢ノ尽キテ落ル如ク詩ノ末ヘ行テハ尾タレニナリテ

［通］トコロ〱ニハ彊弩之末、間々弓勢ノ尽キテ落ル如ク詩ノ末ヘ行テハ尾タレニナリテ

〔至如～得之〕

［天］名ヲ出サズニ聞コユルヂャ。……初唐中唐ノ三百年ノ間……李白一人ヂャ。……思ヒ功夫セズニ、不図意ニ浮カムマ、ニ意ニマカセテ作タユヘ、一格別ニ出来テ……雑駁デモイカズ、又古事ヲ以テコヂツケテモゴトコドシテ悪シイ。兎角主ニ案ジテ作テハ出来ヌ。李白ハ文雅風雅ガ身ニ余ツタモノユヘニ、平生ノ語ガ直ニ詩ヂャト云フホドノ男ヂャ。……酒ノ酔イマギレニ我知ラズ、フト云ヒ出シタユヘニ自然ノ妙境デアル。

［通］名ヲ出サズトモ聞コヘル。……初唐中唐晩唐ノ三百年ノ間……李白一人ガ一番ノ上手ヂャ。……思案功夫セズニ、不図意ニ浮カムマ、ニ口ニ出ルニマカセテ作タユヘ、格別ニ出来テ……雑駁デモユカヌ。又古事ヲ用イテコヂツケテモゴタ〱シテ悪イ。兎角案ジテ作テハ出来ヌ。李白ハ文雅風雅ノ身ニ余ツタモノユヘ、平生ノ語ガ直ニ詩ニナッタト云フホドノ男ヂャ。……酔イマギレニ我知ラズ、フト云ヒ出シタガ自然ノ妙境デアル。

〔即太白～所至〕

［天］自分ニモコノヤウニ出来タハ、ドウシテ出来タヤラ知ラヌト云フホドノ事。

［通］自分ニモコノヤウニ出来タハ、ドウシタコトヤラ知ラヌ。

〔而工者～失焉〕

［天］李白モ巧ミニ作タト思フハ悪イ。

［通］李白モ巧ミニ作タハ結句悪イ。

〔七言律～所難〕　［天］美シク立派ニ作ルモノガ見エヌ。
［通］七言律ニオイテハ麗シク立派ニ作ルモノガ見ヘヌ。

〔即子美～放矣〕　［天］コ、デ子美ヲ押サヘタ。
［通］コ、デ子美ヲ押サヘテ評判スル。

〔作者～才不尽〕　［天］大勢ノ内デモ諸体ヲ兼ネタモノガナイ。ナルホド一体ニハ優レタレドモ諸体ヲ兼ルモノガナイト云フ、天ヨリ人ノ才ヲ尽シテ諸体ヲ作ル。才ヲ一人ニハ与ヘヌコトヂャ。
［通］大勢ノ内デモ諸体ヲ兼ネテ作ルモノガナイ。ナルホド一体ニハ達シテヨク作レドモ諸体ヲ兼ヌルコトノナラヌト云ハ実ニ天カラ悉ク一人ニハ与ヘ尽クサヌト云モノヂャ。

〔後之君子～于此〕　［天］後ノ君子、此レ滄溟ヨリ後ノ君子タチ。
［通］滄溟ヨリ後ノ君子タチ。

〔済南李攀龍撰〕　［天］于鱗ハ字、滄溟ハ号。
［通］済南ハ地名、李ハ姓、攀龍ハ名、于鱗ハ字、滄溟ハ号。

巻一、五言古

〔冒頭注〕　［天］漢漢ノ古詩ニ叶フタハ無イ。
［通］漢魏ノ古詩ニ叶フタハ無イ。
※天明本の非常に単純な誤り。こうした明らかな誤りは通行本で正しく直されている。

魏徴「述懐」詩

〔投筆事戎軒〕　[天]今日、文官ヲヤメテ、武官トナツテ筆ヲ投ゲ、唯軍ト云フ義。

[通]今日、文官ヲヤメテ、武官トナツテ筆ヲ投ゲ、**戎軒ハ**唯軍ト云フ義。

※天明本のままでは何が軍（いくさ）という意味であるか不明瞭である。そのため通行本で補足した例。そもそも「戎軒」とは兵車の意味であるが、ここでは戦争の意味であることを示した注である。「唯」と副詞があるところからも、本来通行本のように補うべきであったのを初版の天明本で欠落してしまい、再版にて改訂したと思われる。また、この箇所でもっとも目に付くのは、右のような文字の異同よりも天明本本文の「投」字が版匡から突き出していることである（下図）。これは「天」「帝」「主上」字など敬意を示す語によく見られる行頭への改行ではなく、校正した跡と思われる。こうしたいびつな匡郭は他に見られない。

〔仗策謁天子〕　[天]我ガ家ヘ帰ラズニ。

[通]我ガ家ヘ帰ラズニ**行ク**。

〔古木〜啼夜猿〕　[天]其ノ行ク道ニハ古木ノ大木ナドガ**アル**ガ、其ノ中デモノ哀レニ鳥ナドガ寒ゲニ鳴イテ居ル。

[通]其ノ行ク道ニハ古木ノ大木ナドガ、其ノ中デモノ哀レニ鳥ナドガ寒ゲニ鳴イテ居ル。

〔還驚九折魂〕　[天]九折ハ至極ノ**難所ヲ云フ。旅ノ**難所ヲ通ルデ、モフ踏ミ外シテ落チハセマイカ。

[通]九折ハ至極ノ難所ヲ通ルデ、モフ踏ミ外シテ落チハセマイカ。

※天明本にて「難所」という言葉が二度出てきており、転記するときに視線を飛ばしてしまったのだろう。天明本では先ず「九折」の語句の訓詁を解いている。しかし通行本ではこの二つの文章を無理に繋げたため、意味が通じなくなっている。日野校注本は、「「九折」は、（曲がりくねった山道の）至極の難所を通るには、もう踏みはづして落ちはせまいか」と（　）を補って翻字するが、この天明本に基づいて本来の文章が明らかになる。

〔季布無二諾〕　天此処デハ天子ノ**今**ニ違ハヌコトヲトル
通此処デハ天子ノ**命**ニ違ハヌコトヲトル

〔侯嬴重一言〕　天ナルホド、**一諾**シテ承ツテ合イ申シテカラハ一言ヲ重ンジテ身易リニ立ツタ
通ナルホド、**二諾**シテ承ツテ合イ申シテカラハ一言ヲ重ンジテ身易リニ立ツタ

※この句の前に「季布無二諾」とあるように、明らかに天明本が正しい。日野校注本も補説の中で「国字解の「二諾して」は、意味をなさない。「一諾」してとあるべきところ。誤刻であろう」と推断する通りであるが、ここで本来天明本が「一諾」としていたことを確認しておきたい。

〔人生～誰復論〕　天上二段**ニ**時ノコトヲ云ヒ、
通上二段**々**時ノコトヲ云ヒ、

※天明本は漢字の踊り字を表記する場合、多くは「〻」を使用するため（通行本は「々」を多用する）、漢数字の「二」もしくは片仮名の「ニ」と混同しやすい例である。日野校注本は通行本を基に、「上に段々（順々に）時の事（政治情勢など）を云ひ」と翻字するが、正しくは、上二段「季布無二諾、侯嬴重一言（季布 二諾無く、侯嬴 一言を重んず）」に時（歴史上時事）のことを述べて結二句「人生

感意氣、巧名誰復論（人生 意気に感じ、巧名 復た誰か論ぜん）」へ導くという論理である。

張九齢「感遇」詩

〔美服患人指〕 [天]人ガ目ヲ付ケテ指サシヲスル。コレガ卑シイヂャ。
[通]人ガ目ヲ付ケテ指サシヲスル。コレガ嫌ヂャ。

李白「経下邳圯橋懐張子房」詩

〔破産～博浪沙〕 [天]財宝ヲ取納メテ家ヲナシ、引込ム心モ有ソウナモノヲ
[通]財宝ヲ取納メテ家ヲナシ、引込怠モ有ソウナモノヲ

※通行本が「ム心」を一字と見誤った例である。通行本は真ん中に「口」を入れて明らかに「怠」字に作っている。ここは韓を滅ぼされた張良が政治の舞台から離れて隠れ住むという意味である。日野校注本は「引っ込み怠りも」と通行本に忠実に翻字するが意味をなさない。

常建「西山」詩

〔一身為軽舟〕 [天]路ノハカ、ユクマイガ、今日ハ軽キ舟ニ乗テ行クコトナレバ
[通]路ノハカモ、ユクマイガ、今日ハ軽キ舟ニ乗テ行クコトナレバ

岑参「与高適薛拠登慈恩寺浮図」詩

〔連山～似朝東〕 [天]二句也。
[通]一句也。

〔五陵～青濛濛〕 [天]天子ト云ヘドモアノヤウニナツタ。
[通]天子ト云ヘバアノヤウニナツタ。

柳宗元「南磵中題」詩

〔林景久参差〕　[天]木ノ朶ナドガ伸ビタリタヾンダリスル。
[通]木ノ朶ナドガ伸ビタリタワンダリスル。

崔署「早発交崖山還太室作」詩

〔野火出枯桑〕　[天]一本ニ野ヲ墅ニ作ル。

〔墅火出枯桑〕　[通]一本ニ墅ヲ野ニ作ル。

※天明本の本文は「野」に、一方通行本は「墅」に作り、国字解もそれぞれ呼応して改められる。多くの『唐詩選』類本が「墅」に作っており、そのための改訂かと思しいが、そもそも詩の意味が大きく変わる異同ではなく、わざわざ改訂した意図は斟酌し難い。以下四例は、表現内容が大幅に改変された例である。

巻二、七言古詩

盧照鄰「長安古意」詩

〔碧樹～垂鳳翼〕　[天]都ナレバソレ〴〵種々ノ物好キガアツテ
[通]都ナレバソレ〴〵マタノ物好キガアツテ

※単なる転記ミスとは言い難く、何故このように改訂したかは不明である。更に日野校注本は「タ」を「マ」の誤りと見なし、「それぞれまま（めいめい勝手）の物好きがあって」としているが、意味の上からも天明本が適当であろう。

〔願作～君不見〕　[天]並ビ去ツテ游ブコトハ。

[通]並ビ去ツテ**游ビタイ**。

〔生憎帳額繍孤鸞〕[天]生憎ハ嫌ラシイト云フ**俗語**ヂャ。
[通]生憎ハ嫌ラシイト云フ**俗洒落**ヂャ。

〔含嬌含態情非一〕[天]形繕イヲシテシナヲ**ヤル**所ガ
[通]形繕イヲシテシナヲ**イロ〱ニ**ヤル所ガ

〔節物～青松在〕[天]海トナルハ久シイ**コト**ニ思ハフ。
[通]海トナルハ久シイ**ヤ**ニ思ハフ。

〔寂寂～一床書〕[天]来ル年モ**来ル年モ**一床書ニ対シテ暮ラシテ居ル
[通]来ル年モ一床書ニ対シテ暮ラシテ居ル

劉廷芝「公子行」詩

〔的的～紅粉行〕[天]**月ト**ウツロヒ輝イテキラ〱スル。
[通]**日ニ**ウツロヒ輝イテキラ〱スル。

※「月」と「日」、「今」と「命」は度々誤認している。

〔古来～遥相見〕[天]古ヘ**ハ**見ヌ人サヘ慕ヒ思フタニ、
[通]古ヘ**ヲ**見ヌ人サヘ慕ヒ思フタニ、

李白「烏夜啼」詩

〔黄雲～枝上啼〕[天]終日方**ニ**飛ビ歩イタ烏ガ暮方ニ城ノ林ニ寝グラヲ求メトマリテ啼ク。
[通]終日方**々**飛ビ歩イタ烏ガ暮方ニ城ノ林ニ寝グラヲ求メトマリテ啼ク。

※通行本が片仮名「ニ」を「ミ」と誤認した例。

李白「江上吟」詩

〔功名～西北流〕 [天]功名富貴モイツマデモアルモノデナイニ、極メタコトヂャ。モシイツマデモアルナラバ西方カラ流ル、漢水モヒツクリカヘリテ、

[通]功名富貴モイツマデモアルナラバ西方カラ流ル、漢水モヒツクリカヘリテ、

※「イツマデモアル」という文句が続いているため、通行本に転記上欠落した例。

杜甫「短歌行贈王郎司直」詩

〔予章～滄溟開〕 [天]気象ニ云ヒナス。

[通]気象ニ云ヒテ。

杜甫「送孔巣父謝病帰遊江東兼呈李白」詩

〔巣父～随煙霧〕 [天]ツイト立身スルコトモアラフホドニト云テ

[通]ツイニハ立身スルコトモアラフホドニト云テ

杜甫「飲中八仙歌」詩

〔題下注〕 [天]歌行ナド、ハ礼ガ違ウ。

[通]歌行ナド、ハ肌ガ違ウ。

〔左相～称避賢〕 [天]一日ノ中ニ万銭ヲ費スガ何トモ思ハヌ。

[通]一日ノ中ニ万銭ヲ費スコト何トモ思ハヌ。

杜甫「哀江頭」詩

〔江水〜忘城北〕　天 ウロ〳〵**トサマ**〴〵思タリ眺メタリシテ居ルウチニ、

通 ウロ〳〵思タリ眺メタリシテ居ルウチニ、

杜甫「韋諷録事宅観曹将軍画馬図引」詩

〔内府〜才人索〕　天 殷紅色ノ瑪瑙盤ヲ**褒美ニ取ラセイトアツテ、婕妤ノ御近処ムキノ女官ニ仰付ラレテ、ソレヨリ詔ヲ伝ヘテ才人ドモノ預カリ役人ガトリヨセテ曹将軍ニ下サル○殷紅ト云フハ栗色ノコトデアル。**

通 殷紅色ノ瑪瑙盤ヲ**賜ント婕妤ト云女官ヘ仰セ付ケラル。ソコデ婕妤カラ才人ト云女官ヘソノ詔ヲ伝テ瑪瑙盤ヲ蔵ノ内ヨリ索出シ。**

※天明本のままでも大きな誤りは見あたらないが、通行本で違う文章に差し替えられている。ここで留意したいのは、こうした異同は南郭の講義録を意図的に改変したということである。

〔昔日〜一敵万〕　天 此ノ二疋ヲ画**ガイテ、マザ**〴〵生キタヤウニ

通 此ノ二疋ヲ**画ガキ、マザ**〳〵**シク**生キタヤウニ

〔自従〜江水中〕　天 玄宗ヲ惜ムデアル。

通 玄宗ヲ惜ムデアル**故ニ**。

〔君不見〜鳥呼風〕　天 **的切ナ**故デアル。

通 **的功ノ**故デ。

※「切」と「功」との類字例。日野校注本は「的功（ふさわしい）」としているが、「的切（適切）」が正しい。

杜甫「丹青引贈曹将軍覇」詩

〔先帝～皆惆悵〕 [天]絵ドモハミナ洗ヒ**流シタ**ヤウニナツテ仕舞タ。

[通]絵ドモハミナ洗ヒ**出シタ**ヤウニナツテ仕舞タ。

高適「邯鄲少年行」詩

〔題下注〕 [天]下心ハ手前ノ**世**ニ合ハズ世ノ中ノ交ハリハ薄イ者ヂャト世ヲ憤リ、見限ツタコトヲ云。

[通]下心ハ手前ノ**世間**ニ合ハズ世ノ中ノ交ハリハ薄イ者ヂャト世ヲ憤リ、見限ツタコトヲ云。

李頎「崔五丈図屏風賦得烏孫佩刀」詩

〔題下注〕 [天]烏孫王ガ刀ヲ佩タトコロヲ**画イタ**デ有ルノヲ賦スルノデアル。

[通]烏孫王ガ刀ヲ佩タトコロヲ**画テ**有ルノヲ賦スルノデアル。

〔磨用～独流泉〕 [天]独流泉デ**ニフラス**デアルユヘ切レルデアラフ。

[通]独流泉デ**アラフ**デアルユヘニ切レルデアラフ。

張若虚「春江花月枝」詩

〔不知乗月幾人帰〕 [天]大方ハ帰ラヌ**カ無カラヌ**デアラフ。

[通]大方ハ帰ラヌ**ガチ**デアラフ。

衛万「呉宮怨」詩

〔君不見～見江水〕 [天]珠簾ヲ不捲、**マン**向ニ江水ヲ見下ロスヤウニ立テアル。

[通]珠簾ヲ不捲**シテ**、向ニ江水ヲ見下ロスヤウニ立テアル。

※特に意味が変わる異同ではないが、通行本が「マン」を「ソ」と誤認したと思われる。正面のことを「まん向かひ」というのは、本書によく見られる表現である。

駱賓王「帝京篇」詩

〔秦塞重関一百二〕［天］都マワリノ関処ト云フ**モノ**ハドレモ固メガヨイト云ナガラ、

［天］都マワリノ関処ト云フ**ニテ、**ドレモ固メガヨイト云ナガラ、

〔三條九陌灑城隈〕［天］**麗**ハ突キ切リ**ツクデアル**。

［通］**灑**ハ突キ切リ、**突キ抜ケテ有リ**。

〔朱邸抗平台〕［天］**片イホモコチラモ**真ツ直グニ上ツテ少シモ上リ下リノナイガ抗ギヤ。

［通］**片ブキモセズニ**真ツ直グニ上ツテ少シモ上リ下リノナイガ抗ギヤ。

〔相顧～咸応改〕［天］世上、**相顧**ミルニ百齢ミナ待ツコト**アツテ**、一度ハ皆死ナネバナラヌ。

［通］世上、**林ヲ**見ルニ百齢ミナ待ツコト**アリテ**、一度ハ皆死ナネバナラヌ。

〔柏梁～誰見知〕［天］毎日**朝ハラ**人ノ見ヌウチニ掃除シタ。

［通］毎日**朝早ク**人ノ見ヌウチニ掃除シタ。

〔当時～委泥沙〕［天］**常々**手前カラ云フニモ、千年モコノヤウニ傲テ居ルト云フテ、

［通］**半々**手前カラ云フニモ、千年モコノヤウニ傲テ居ルト云フテ、

〔黄雀～遂種瓜〕［天］**木**ハ**火**ヲ以テ母トスルニヨツテ、火モ木モ同ジコトデアル。

［通］**火**ハ**木**ヲ以テ母トスルニヨツテ、火モ木モ同ジコトデアル。

※天明本の極めて初歩的な誤りである。ここでは『漢書』五行志の「成帝時歌謡又曰、邪徑敗良田、

讒口亂善人、桂樹華不實、黄爵巣其顛（成帝の時、歌謡に又曰く、邪径は良田を敗(やぶ)り、讒口は善人を乱す。桂樹ありて華 実らず、黄爵 其の顛(いただき)に巣くふと）」を意識している。黄雀は王莽、桂樹が漢の御世を表し、漢（火）から王莽（土）への易姓は五行思想に合わないことを説明する。しかし五行説の相生では「木から火が生じる（木生火）」ため、「火ハ木ヲ以テ」が正しい。

〔灰死～翟廷尉〕　[天]二度世ニ出ルコトガナサソウナ。
　　　　　　　　[通]一度世ニ出ルコトガナサソウナ。

〔汲黯～閤未開〕　[天]汲黯ハ始ニハ九卿ノ列ニアリシニ、其ノコロハ公孫弘モ孫湯モミナ小役人ニテ
　　　　　　　　[通]汲黯ハ始ニハ九卿ノ威ハアリシニ、其ノコロハ公孫弘モ孫湯モミレバ小役人ニテ

巻三、五言律詩

楊炯「従軍行」詩

〔風多雑鼓声〕　[天]夫長(千)、万夫長ト云フガアル
　　　　　　　[通]千夫長、万夫長ト云フガアル

※天明本にて傍らに加筆された箇所を通行本で訂正した例。ただし、天明本への書き込み例は多くはない。もし校訂のために書き込まれたならば、他の改訂箇所も徹底して行われるはずであろう。

陳子昂「送別崔著作東征」詩

〔王師非楽戦〕　[天]戦ヲ楽シフ思召スノデハナイ。
　　　　　　　[通]戦ヲ全ク楽シフ思召スノデハナイ。

〔莫売～麟閣名〕　[天]好イクライニコシラヘ事ヲシテ……或ハ立身ヲシタ事ガ有ル。ソノ義ヲ云フタモノ

デアル。
[通]好**勢**イニコシラへ事ヲシテ……或ハ立身ヲシタ事ガ**有**（ル）。**其**（ノ）**義**ヲ云テアル。

杜審言「蓬莱三殿侍宴奉勅詠終南山」詩
〔半嶺〜戴堯天〕[天]御世ニ仕ヘテオリタイモノト、君ヲ思フハ身ヲ思フト云。
[通]御世ニ仕ヘテ**我々モ**オリタイモノト、君ヲ思フハ身ヲ思フト云。

張説「恩勅麗正殿書院賜宴応制得林字」詩
〔誦詩〜見天心〕[天]国々ノ詩ヲ**寄**セテ、風俗ノ改ルコトヲ御問ナサレ。
[通]国々ノ詩ヲ**見**セテ、風俗ノ改ルコトヲ御問ナサレ。

李白「送友人入蜀」詩
〔芳樹〜遶蜀城〕[天]桟橋ノ両脇ニ**樹デアル**芳樹ナドガ、花ガ咲テ、覆イカ、ツテ見ヘ、
[通]桟橋ノ両脇ニ**植テアル**芳樹ナドガ、花ガ咲テ、覆イカ、ツテ見ヘ、

王維「送平淡然判官」詩
〔瀚海経年別〕[天]**二三年**ノ別レニナルト云フモノ。
[通]**経年**（ニ三）ノ別レニナルト云フモノ。
※通行本で「経年」という表現に変えている。ルビに「二、三年」という言葉も残していることから、この改変は意図的であることが判る。

王維「送劉司直赴安西」詩
〔苜蓿〜寛和親〕[天]匈奴ト和睦ヲシテ親類ニナルヤウナ手ヌルイコトヲシテ、中国ノ外聞ヲ失ハヌヤウ

ニシヤレ。

[通]匈奴ト**必ズ**和睦ヲシテ親類ニナルヤウナ手ヌルイコトヲゾ、中国ノ外聞ヲ失ハヌヤウニシヤレ。

高適「送鄭侍御謫閩中」詩

〔東路～瘴癘和〕　[天]難義ニ思**ハレツガ**

[通]難義ニ思**ハリヤウガ**

杜甫「送遠」詩

〔草木～霜雪清〕　[天]春ムキノコトナドニ、**一**ツニ使フト使ヒ損ナヒニナル。

[通]春ムキノコトナドニ、**下手**ニ使フト使ヒ損ナヒニナル。

杜甫「船下夔州郭宿雨湿不得上岸別王十二判官」詩

〔柔艣～覚汝賢〕　[天]**イチロク事モ**ナラヌユヘニ、悽然ト哀レヲ含デ、イカサマ小舟ト云モノハ小利口ナモノデアル。

[通]**自由ナコトモ**ナラヌユヘニ、悽然ト哀レヲ含デ、イカサマ小舟ト云モノハ小利口ナモノデアル。

※「イチロク」とはさいころの一と六の目のこと。運否天賦という義。

王湾「次北固山下」詩

〔潮平～一帆懸〕　[天]日暮**前ノ**コトユヘニ、潮ガ一杯ニ満チテキテ、

[通]日暮**マデ**コトユヘニ、潮ガ一杯ニ満チテキテ、

祖詠「蘇氏別業」詩
〔寥寥〜聴春禽〕　[天]日ヲ暮ラスデアル。
[通]月ヲ暮ラスデアル。

巻四、五言排律

楊炯「送劉校書従軍」詩
〔離亭〜自西東〕　[天]今コノ離亭ヨリハ妄リニアタリガ望マレヌ。
[通]今コソ離亭ヨリ溝水ガ見ユレドモ望マレヌ。

陳子昂「峴山懐古」詩
〔城邑〜幾凋枯〕　[天]楚国ノ方ニカヽツテアリ。
[通]楚国へ入込ンデアル。

宋之問「奉和晦日幸昆明池応制」詩
〔節晦〜柳暗催〕　[天]春ナガラ、マダ余寒ガアルユヘ、柳ナドモ萌ヘ出ヌユヘ、暗ニ催スト云。
[通]春ノコトナガラ、マダ余寒ガアルユヘ、柳ナドモ萌ヘ出ヌユヘ、暗ニ催スト云。

蘇頲「同餞楊将軍兼原州都督御史中丞」詩
〔旗合〜有触邪〕　[天]触邪ト云フハ、御史ガキツトイ味シテ、姦邪ナモノニ触レアタルコト。
[通]触邪ト云フハ、御史ガキツト吟味シテ、姦邪ナモノニ触レアタルコト。

張説「奉和聖製途経華嶽」詩
〔西嶽〜入太清〕　[天]頂上ニ三峯ガアル。

［通］**頂キ**ニ三峯ガアル。

張九齢「和許給事直夜簡諸公」詩

〔逸興～在禁林〕　［天］　**トユヘ**興ニ乗ジテ高閣ニ登リ、詩ヲ作テヨコサレタ

［通］才人ノコトユヘ興ニ乗ジテ高閣ニ登リ、詩ヲ作テヨコサレタ

※通行本では双行注の中の文章を更に詰めて「才人ノ」という言葉が挿入されている。これを天明本にて確認すると「□トユヘ興ニ」と脱字があり、尚且その箇所は空格になっている。これは後で埋木をするの忘れたのだろう。通行本ではこの空白を詰めてしまったために、「才人ノ」を挿入する余白が無くなり、右のように双行で書き入れている。

岑参「早秋与諸子登虢州西亭観眺」詩

〔微官～望不迷〕　［天］**タヾ**高イ処ニ上ルト、故郷ノ方ガ依々トシテドフデモ望不迷。

［通］高イ処ニ上ルト、故郷ノ方ガ依々トシテドフデモ望不迷。

巻五、七言律詩

王維「和賈至舎人早朝大明宮之作」詩

〔朝罷～鳳池頭〕　［天］詔ノコトヲ美シク云フタメデ**モナイ**。昔ヨリアルト云フ言ヂャ。

［通］詔ノコトヲ美シク云フタメデ、昔ヨリアルト云フ言ヂャ。

※日本語は否定語が文末に来るため、それが欠落すると意味が正反対になる。ここでは「五色詔」についての説明で、見た目の彩りではなく、後趙の石季龍が五色の紙に詔を書いて鳳に銜えさせた故事を紹介している。(7)

万楚「五日観妓」詩
〔新歌～歛髩斜〕　天今モタマラヌ。
　通命モタマラヌ。
韓愈「奉和庫部盧四兄曹長元日朝廻」詩
〔金爐～雉尾高〕　天佩玉ヲ鳴ラシテ出御ナサル、ガ聞コヘテ雉尾ヲ以テ玉顔ヲ掩テイルガ見ヘル。
　通玉佩ヲ鳴ラシテ出御ナサル、ガ聞コヘテ雉尾ヲ以テ玉顔ヲ掩テイルガ見ヘル。
　※「佩玉」と「玉佩」は同義であるが、本文は「玉佩」に作る。
巻六、五言絶句
李白「見京兆韋参軍量移東陽」詩
〔潮水～却到呉〕　天遠国ノ呉国アタリヘ流サレテユカル、ハ、イタワシイコトヂヤ。
　通遠国アタリヘ流サレテユカル、ハ、イタワシイコトヂヤ。
岑参「見渭水思秦州」詩
〔渭水～到雍州〕　天イツ都雍州ノ秦州ヘ流レ至ルデアラフ。
　通イツ都雍州ヘ流レ至ルデアラフ。
李適之「罷相作」詩
〔避賢～且銜盃〕　天ヲラガヤウナ不調法ナ者ガ上ニイテハ外ノ者ノ邪魔ニナル
　通ハレラガヤウナ不調法ナ者ガ上ニイテハ外ノ者ノ邪魔ニナル
劉長卿「平蕃曲」詩

〔渺渺～塞草枯〕　[天]**コロヲ**戍楼トモ云フナリ。
　[通]**コ、ガ**戍楼トモ云フナリ。

孟郊「古別離」詩

〔不恨～臨卭去〕　[天]必ズ我ヲ置去リニ**スルナ**。
　[通]必ズ我ヲ置去リニ**スルコトナカレ**。

※国字解は「そうぢゃ調」の講義録の形式をとっており、漢文調の通行本では調子が合わない。

巻七、七言絶句

王勃「蜀中九日」詩

〔人情～北地来〕　[天]南方蜀ノ方へ**キタニ**イテ、故郷へ帰ルコトモナラヌニ、鴻雁ハドフシタコトデ北地へハ来ルコトゾ
　[通]南方蜀ノ方へ**来テ**イテ、故郷へ帰ルコトモナラヌニ、鴻雁ハドフシタコトデ北地**ヨリ**来ルコトゾ

杜審言「戯贈趙使君美人」詩

〔題下注〕　[天]**杜審言**ト**趙使君**ト友デ有ツラフ
　[通]**趙使君**ト**杜審言**ト友デ有ツラフ

張説「送梁六」詩

〔巴陵～水上浮〕　[天]曇リ無ク**一面ニ**秋ノ風景ガ澄ミ渡ツテ見ユル

王翰「涼州詞」詩
　通曇リ無ク秋ノ風景ガ澄ミ渡ツテ見ユル
〔酔臥～幾人回〕天酒ニ愛デタヤウニ云ヒナシテ、至極面白ウ云ヒナス
　通酒ニ酔ウタヤウニ云ヒナシテ、至極面白ウ云ヒナス
李白「清平調詞其二」詩
〔一枝～枉断腸〕天巫山ノ神女ガ雲トナリ雨トナリテ来タラウト、タワイモナイコトヲ慕ウタト云モ、タヾニイタヅラニ断腸シ、慕フタト云モノヂヤ。
　通巫山ノ神女ガ朝ニハ雲トナリ、夕ベニハ雨トナリテ来ヨフト云タヲ頼ミニシタハ、枉ニ断腸シ、慕フタト云モノヂヤ。
王昌齢「西宮秋怨」詩
〔却恨～待君王〕天秋扇ヲ掩ヒカタヅケタヤウニ寵愛ノ廃レテアル
　通秋扇ヲ掩ヒカタブケタヤウニ寵愛ノ廃レテアル
王昌齢「青楼曲」詩
〔題下注〕天少年行ノ羽林ナドノ衆中ガ遊ビニユク処ヂャ
　通青楼ハ傾城屋ノコトデ、羽林ノ官ノ少年ナドノ遊ビニユクヤウスヲ云
岑参「赴北庭度隴思家」詩
〔題下注〕天隴山ヲ越ユルニツイテ故郷ヲ思フ
　通　なし

岑参「山房春事」詩

〔題下注〕　天梁園ノ旧跡ナリ
　　　　　　通　なし

杜甫「奉和厳武軍城早秋」詩

〔題下注〕　天子美モ厳武ガ手下ユヘ辺塞ノ守リニ行キテイルナリ
　　　　　　通　なし

※そもそも題下注は一言で詩を論評したものであり、注釈者の唐詩観が一目で判る箇所である。ところで、こうした題下注の異同は巻七にしか見られないのは偶然か。

常建「三日尋李九荘」詩

〔故人〜渓水流〕　天此漢水ニ舟ヲ浮カベテユケバ、直ニ門前ニ至リ着テ
　　　　　　　　通此渓水ニ舟ヲ浮カベテユケバ、直ニ門前ニ至リ付テ

※物理的に漢水から武陵というのはありえない。通行本では「渓水」に改められる。これは地理の暗い者の仕業というよりは、「漢」と「渓」の字形が似ていることによる誤り。

呉象之「少年行」詩

〔承恩〜中貴人〕　天宰相ナドノ知行処ヲ借リテ慰ミニ猟ヲシテ遊ブ
　　　　　　　　通宰相ノ知行処ヲ借リテ慰ミニ猟ヲシテ遊ブ

劉長卿「送李判官之潤州行営」詩

〔万里〜楚雲西〕　天金陵ノ伝馬道ヲ通リ

韋応物「酬柳郎中春日帰楊州南国見別之作」詩

［通］金陵ノ伝馬ヲ通リ

〔南北〜早潮来〕［天］**夕べ**潮ノ時分帰テ、朝潮ノ時ニゴザラル、ホドニ、イツ逢フトモ自由ヂャ。

［通］**暮レノ**潮ノ時分帰テ、朝潮ノ時ニゴザラル、ホドニ、イツ逢フトモ自由ヂャ。

顧況「湖中」詩

〔丈夫〜楚水西〕［天］夏ハ青草瘴ト云ヒ、秋ハ**黄**茅瘴ト云フ

［通］夏ハ青草瘴ト云ヒ、秋ハ茅瘴ト云フ

張仲素「塞下曲其二」詩

〔功名〜報国恩〕［天］**中々**生擒ニスルヲ功名ノヤウニ覚テ

［通］**中ニ**生擒ニスルヲ功名ノヤウニ覚テ

欧陽詹「題延平剣潭」詩

〔題下注〕［天］訓解ニ詳シ。

［通］訓解、**又ハ箋注、掌故ナド**ニ詳シ。

※天明本はこの詩の参考として『唐詩訓解』のみを挙げる。[8] 通行本に追加された戸崎淡園『箋註唐詩選』（天明二年刊）、千葉芸閣『唐詩選掌故』（明和元年刊）はともに南郭没後に嵩山房から出版された『唐詩選』注釈書であり、日野氏も「少なくともこの二点の書名は後人の追加したものである」と述べておられるのは卓見である。この二書が追加された理由を考察するに、『唐詩選国字解』の特徴の一つとして、「『訓解』ノ註ハ悪イ」（高適「酔後贈張九旭」詩注）、「コレヨリ以下、『訓解』ノ註ガヨク

ナイ」（遜逖「和左司張員外自洛使入京中路先赴長安逢立春日贈韋侍御及諸公」詩注）のように一貫して『唐詩訓解』を批判的に扱う。『唐詩訓解』を翻刻したのは、当時嵩山房と『唐詩選』注釈書の版権を求めて係争中であった京都の文林軒であることから、版元としてもここで相手方の『唐詩訓解』を薦める訳にはいかなかった。そこで嵩山房による既刊の唐詩選注釈書を追加したのは、経営企画者としての資質に優れていた小林新兵衛高英ならではの増補である。(9)

張祜「雨淋鈴」詩

〔題下注〕　天 鳴ル音ガ**ヲ**[鈴]声ノ如クナルヲ……楽人ノ**張ヲ**[徽]ト云フ者ガ

　通 鳴ル音ガ**鈴**ノ声ノ如ク鳴ルヲ……楽人ノ**張徽**ト云フ者ガ

〔長説～更無人〕　天 **楽工**張徽ガ話ニモ長ク云フニハ

　通 張徽ガ話ニモ長ク云フニハ

司馬礼「宮怨」詩

〔年年～出御溝〕　天 空シク**年ノ**老イユクヲ嘆クノミヂャ

　通 空シク老イユクヲ嘆クノミヂャ

李拯「退朝望終南山」詩

〔唯有～満長安〕　天 **ドコラ**ヲ見テモ聳ヘテ見ユル。

　通 **ドチラ**ヲ見テモ聳ヘテ見ユル。

王周「宿疎陂駅」詩

〔誰知～古駅中〕　天 孤宦ノ身トナツテ天ノ果テマデ来テ、サマ〴〵ノ愁アルコトヲ知テ憐レンデクレルモノモアルマイ。

通孤宦ノ身トナツテ天ノ果テマデ来テ、サマ〴〵ノ愁アルコトヲ知テ憐レンデクレルモノモアルマイ〇殊ニ天ノ果テマデ来テ、サマ〴〵ノ愁アルコトヲ知テ憐レンデクレルモノモナイ。

※これは転記する際、同じ箇所を重複した誤り。『唐詩選国字解』は再刻する際に重複と欠落の初歩的なミスを共に犯していることが判る。かくして、当時の再刻作業の実態が浮かび上がってくる。

第三節　結語――果たして『唐詩選国字解』は南郭によるものか――

以上、天明二年刊『唐詩選国字解』と通行本との間に若干の異同があることが判明した。中には重箱の隅をつつくような些細な異同も見受けられたが、本調査によって、通行本では意味が通りにくかったために不自然な解釈になる箇所が、再版上の誤写であることも判明した。さて、筆者は調査の上で初めて天明本を閲覧した際、この書が果たして本当に初版であるかの確証を得なかった。先ず、半紙本である通行本と大きさが明らかに異なり、且つ紙自体も通行本より厚手の上質紙が用いられ、刷りも極めて精美であった。元来、印刷技術は時代が降るほど向上していくのが常である。しかし調査を進めていくうちに、転写の際の誤りよりも改訂の成果が随所に見られた。思うに、この天明本は販売されてはおらず、先ず見本として服部家に寄贈された特装版、もしくは出版前の校正版であろうと考える。さすれば、服部家にこの天明本があるということは、南郭が確かに『唐詩選』を用いた講義を行っていたことを物語る。しかし、日野氏の述べる通り、南郭は講義の中でとり上げなかった詩やとり上げても一首全体に亘る詳しい講釈をしなかった可能性が高い。むしろ講義としてとり上げた詩の方が少なかったのではなかろうか。天明本と通行本の編著者名を比較すると、天明本では「濟南　李攀龍　編選／皇和　南郭先生　辯／門人　林元圭　閲」となっているが、通行本では「林元圭　録」となっている。わずか一字の相違であるが、本の成立を考えるとこの違いは極めて大きい。「閲」の場合、嵩山房で作成された『唐詩選国字解』に林元圭が監修に携わったと考えられる。一方「録」の場合は、林元圭は北越に帰ったため、彼が記録した南郭の講義録そのままに嵩山房が出版したととれる。今回の調査によって、再版である通行本には誤りへの改訂のほかに、若干の表現の変更も見られた。本来ならば、先生の御高説を拝聴した講義録に門弟が軽々に加筆することはない。また、欧陽詹「題延平剣潭」詩に見られる嵩山房刊『唐詩選』注釈書の広告の加筆は、いかにも高英らしい発案である。したがって、敢えて「録」字に改めることで、嵩山房が蘐園学派の権威に与しようと企んだと考えられる。嵩山房は、服部南郭による『唐詩選』注釈書という仰々しい触れ込みで本書を売り出すために、名前の使用料としてこの天明本を服部家に寄贈したのではなかろうか。[10] 幸いなことに、享保以降、無注本である南郭校訂『唐詩選』は依然よく売れていた。確かに、ほんの一部分にせよ南郭が『唐詩選』を講義に用いたことがあっただろう。少なくとも服部南郭の「附言」と荻生徂徠の「跋」は実際にその原稿があったはずである。この二カ所には天明本と通行本の間に異同が見られない。

　さてここで、今一度確認しておきたいことがある。『唐詩選国字解』に先んじて出版された同形態の『唐詩選』注釈書、すなわち『唐詩国字辯』及び『唐詩選諺解』に注したのは誰かという問題である。両書には注釈者が明記されていないが、注の内容も『唐詩選国字解』と酷似しており、刊行時期も明和年間と南郭の没年により近いため、これらも南郭の注と思われてきたふしがある。しかし筆者は前章にて論じたように、この注釈者を宇野東山ではないかと考えている。[11]これらは京都の文林軒など、嵩山房によって出版されたものであり、南郭没後といえども彼の名を使用することは出来なかっただろう。むしろ南郭の名を名乗ることが出来た唯一の書肆が嵩山房であった。要するに、他の注釈書が『唐詩選国字解』に似ているのではなく、『唐詩選国字解』が他の注釈書に似ているのである。

(1)　村上哲見『講談社選書メチエ33　漢詩と日本人』（講談社　一九九四年）所収「『唐詩選国字解』の謎」の項を参照。ここで村上氏は、先に嵩山房が宇野東山の『唐詩選解』を発行したが、版木を焼失したため南郭の講義として『唐詩選国字解』を売り出したのではないかとの仮説を立てている。また、同「『唐詩選』と嵩山房―江戸時代漢籍出版の一側面―」（『日本中国学会創立五十年記念論文集』（汲古書院　一九九八年）にも、嵩山房が服部家の了解を得てから、南郭の名を掲げて出版したのであろうと論じている。

(2)　文化十一年再板本は尾張の永楽屋東四郎が版木を借りて出版している。

(3)　日野龍夫校注『東洋文庫405～407　唐詩選国字解1～3』（平凡社　一九八二年）の解説を参照。

(4)　『服部文庫目録』（早稲田大学図書館　一九八四年）に、初代・元喬（南郭）の著述として、「唐詩選国字解

7巻　服部元喬撰　天明2年1月　4冊　和大」とある。同目録には南郭以降の略系譜も附されている。

(5)『江戸町人の研究』第五巻（吉川弘文館　一九七八年）所収。

(6)寛政三年本も早稲田大学図書館服部文庫に所蔵されている。

(7)『晋書』石季龍載記に「季龍常以女騎一千爲鹵簿、皆著紫綸巾・熟錦袴・金銀鏤帶・五文織成游于戲馬觀。觀上安詔書五色紙、在木鳳之口、鹿盧迴轉、狀若飛翔焉」とある。

(8)『唐詩訓解』による該詩の題下注は以下の通り。「在閩延平府南平縣、城東建寧・邵武二水合流之所。晉雷煥得一劍於豐城、以一與張華、留一自佩。華死失其劍之所在。其後、煥子佩劍渡延平津、劍忽于腰間躍出墮水。但見兩龍各長數丈。因名劍津、亦名劍潭。」

(9)本書第五章「嵩山房小林新兵衛による『唐詩訓解』排斥」参照。

(10)ちなみに『唐詩選画本』続・三・四編には『唐詩選国字解』の注がそのまま添えられている（初編は橘石峯、五〜七編は高井蘭山が独自に担当する）。

(11)本書第七章「宇野東山による『唐詩選』注の演変—日本における呉呉山注『唐詩選』の受容—」を参照。ただし、久留米大学の大庭卓也氏の所蔵する『唐詩選辨蒙』（嘉永五年十一月、大阪書肆・萩原菊治郎求板本）の書扉には「東山先生　辨蒙／唐詩選國字解／攝都書房　靖共閣　梓」と記されている。つまり「国字解」や「諺解」という言葉は、『唐詩選』に限らず、漢籍あるいは唐詩作成の入門書を総称し、「諺解＝唐詩選諺解」の判断には慎重を要する。

第九章　漆山又四郎が底本とした明刊本『唐詩選』

第一節　はじめに

岩波文庫の『唐詩選』といえば、一九六三年発行の前野直彬注解の三冊本[1]がある。学校推薦図書として指定する高校や大学も多く、かつて嵩山房による小本『唐詩選』が流行したように手軽なため、永く愛読者を獲得している。しかし岩波文庫『唐詩選』は前野本が初めてではなく、既に一九三一年に『唐詩選』上下二冊本が出版されている。[2]訳注者は漆山又四郎で、『杜詩』『李太白詩選』『陶淵明集』[3]『遊仙窟』を同じく岩波文庫にて上梓している。前野本、漆山本ともに上段に白文、中段に書き下し文というスタイルは同じであるが、漆山本は解説や現代語訳を載せず、詩語の説明を下段の脚注として厳選している。この漆山本で最も特徴的なのは、底本に明刊本を用いたという点である。「緒言」には次のように述べる。

なぜといふと私は（古人もさうだが）古今詩刪の唐の部の詩を譯註したのでは無い、世に流布されて居る所謂唐詩選を譯註したのであるから。併し流布本といふ條、其の原本を求むべく大いに苦心した、幸に明刊本一部を得た、それは題簽は無いが見返しに大字二行に刻陳眉公重訂李于鱗唐詩選の十二字が刻されてあり、側らに稍小字で後附陳眉公訂正李于鱗註釋詩韻輯要の十六字と、更に小字で七字あるがそれは版元の署名らしいが惜いかな磨滅して讀みかねる。これが無論七巻に分たれて巻首に濟南李攀龍編選、晉陵蔣一葵箋釋、雲閒陳繼儒重校と三行に刻されて居り敍文は太原の王穉登、友第周鉉撰、晉陵呉亮、濟南李攀龍于鱗（これは唐詩選序として次の掲ぐるもの）の四人のものを載せてある。そして五言絶句の部、伊州歌二首は他本はいづれも無名氏になつて居るが、此の本には蓋嘉運の作としてある、それでそれに従つた。ほかにも手を盡くして捜索したが、いづれも清朝の末の所謂新渡本で數ふるに足らない、であるから陳繼儒重校本の本文をありのまゝに此の譯註本に用ひた。

ここで漆山が底本に執着する根底には『唐詩選』の選者に対する真偽問題があった。もし仮に『唐詩選』の選者が李攀龍ではなく、『古今詩刪』の唐詩の部から第三者が抜き出したのであれば、李攀龍の選出した唐詩を訳註する際には出自の怪しげな『唐詩選』ではなく、『古今詩刪』を底本とすることで事足りよう。ここで岩波文庫『唐詩選』を外国文学（赤帯本）と位置づけて出版するためにも、明刊本の『唐詩選』を底本として用いることに深い意味があった。それはもちろん江戸中期に流行した和漢籍の『唐詩選』では役不足である。漆山は明刊本『唐詩選』を入手したことを僥倖としたが、筆者が確認しているだけでも明刊本は十数種現存している。漆山の底本にやや近いと思われる詩韻輯要一巻を附録する陳継儒重校本は、国立公文書館（内閣文庫）・東京大学東洋文化研究所・関西大学図書館、中国では国家図書館・上海図書館・清華大学図書館[4]・遼寧省図書館・蘇州市図書館に所蔵されている。しかし漆山がいう明刊本と完全に一致するものを断定し難く、見返しに「刻陳眉公重訂李于鱗唐詩選／後附陳眉公訂正李于鱗註釋詩韻輯要／○○○○○

〇」とある版も未確認のため、この漫漶七字も解決に至っていない。

誤解を恐れずに言えば、『唐詩選』は極めて通俗的な唐詩集であり、善本とすべき版を決定することは難しい。してみると、漆山が指摘した五絶「伊州歌」作者問題(5)の如きの版本による若干の異同があってしかるべきである。そこで本章では、明刊本『唐詩選』を検討して我々が漠然と抱く『唐詩選』像との相違点を明らかにする。

第二節　崔署「早発交崖山還太室作」詩について

『唐詩選』巻一、五言古詩の巻末尾に収められる崔署（一に曙に作る）の「早発交崖山還太室作」詩について、漆山本は次のように評している。

此の首の末他本には、傷此無依客、如何蒙雨霜の二句あるも原本に據りて除きたり

つまりこの詩は本来十四句あるのだが、漆山本は十二句までしか採られていない。明刊本がそのように収録していることについて、少しく調査してみたい。

まず、該詩の全容を掴むためにも末二句を含む十四句の作品を挙げる。

東林氣微白　　東林　気　微白にして
寒鳥忽高翔　　寒鳥　忽ち高翔せり
吾亦自茲去　　吾も亦　茲（こゝ）より去りて
北山歸草堂　　北山の草堂に帰らんかな
杪冬正三五　　杪冬　正に三五
日月遙相望　　日月　遥に相ひ望めり
肅肅過潁上　　粛粛として潁上を過（よ）ぎり
朧朧辨夕陽　　朧朧として夕陽を弁（わきま）ふ
川冰生積雪　　川氷　積雪に生じ
野火出枯桑　　野火　枯桑に出づ
獨往路難盡　　独往　路は尽し難く
窮陰人易傷　　窮陰　人は傷み易し
傷此無衣客　　傷むらくは此れ無衣の客
如何蒙雨霜　　如何ぞ雨霜を蒙らん

嵩山に隠居していた崔署が、交崖山に所用で出かけた後、「杪冬正三五」、すなわち十一月十五日に太室にある自分の草堂に帰ろうとする時の作品である。崔署について、宋州（現在の河南省）の人。生卒年は不詳であるが開元二十六年（七三六）の進士に及第した盛唐詩人である。早朝に出発したのは一日で行ける道程だからではなく、昨晩に送別の宴を開いたためであろう。第八句に「夕陽」とあるため夕方には嵩山に到着したとの解釈もあるが、早朝の風景の中にここで夕日を持ち出すのはいささか唐突過ぎており、『全唐詩』『唐詩紀事』などには「夕陽」を「少陽」と作っている。「少陽」は東の方向を指し[6]、朝靄の光によって東の空が朧々としていると解するべきである[7]。そして第十句「獨往」以下にて筆者の心情が詠じてある。孤独な旅ではなかなか目的の場所にたどり着けず、暗い冬の季節には心も暗くなっていき、満足な冬着も持っていない私はどのようにして雨や霜を凌げばよいのだろうか、と辛く苦しい行旅の中に人生への嘆きが込められている。問題となる末二句というのがここである。この詩が収められている唐詩集には『全唐詩』をはじめ、『河嶽英霊集』『文苑英華』『唐詩品彙』『唐詩紀事』『唐賢三昧集』『石倉歴代詩選』などがあるが、ほとんどの唐詩集が末二句までを含む十四句の詩である。そこで、この詩が末二句無しの十二句となっているものを列挙すると以下の六点が確認できた。

①『唐詩選』　李攀龍　編選／蒋一葵　箋釈／陳継儒　重訂
②『唐詩選』　李攀龍　選訂／王穉登　参評
③『鍾伯敬評注唐詩選』　李攀龍　編選／鍾惺　評注／劉孔敦　批点
④『唐詩選彙解』　李攀龍　編選／蒋一葵　箋釈／鍾惺　批点／唐汝詢　参注／徐震　重訂／李徳舜　梓行
⑤『郊庵重訂李于鱗唐詩選』　李攀龍　編選／蒋一葵　箋釈／黄家鼎　評訂
⑥『李于鱗先生唐詩選平』　葉弘勛　評／張震維　参

前節で挙げた陳継儒重訂本が①にあたる。康熙元年序が付いている⑥以外は明本と考えられ、これら全て李攀龍『唐詩選』の注釈書である。しかも①～⑤には「署集此下有傷此無依客如何蒙雨霜二句」と注されており[8]、末二句を故意に削ったことがわかる。「署集」とは崔署の別集であり、『唐五十家詩集』や『唐百家詩』に合収されているが、そこにも末二句はあり、李攀龍が選したこれら六種のほうが少数派である。ただし李攀龍の名を冠する唐詩集は全て末二句を削っている訳ではなく、次の版本は末二句を残す十四句型である。

❶『古今詩刪』　李攀龍 編
❷『唐詩訓解』　李攀龍 選／袁宏道 校／余応孔 梓
❸『唐詩廣選』　李攀龍 編／凌宏憲 輯
❹『唐詩選』　李攀龍 原本／呉呉山 附註
❺『唐詩合選』　李攀龍・鍾惺 同輯／銭謙益 箋釈／劉化蘭 増訂

❶～❸は明刊本、❹❺は清刊本であり、とくに❹の眉注には「或刪去二句。按窮陰句収束不住。必不可刪」とあり、末二句無し型の存在を認めつつも、末二句は削るべきではないとする。また❸には「蔣仲舒曰、末二句可刪」とあり、この末二句を削ったのは李攀龍ではなく蔣仲舒という人物であることを示唆している。改めて見てみると末二句が無い①④⑤には「蔣一葵 箋釈」とある。さらに③には蔣一葵の名は無いが、これは「鍾惺（伯敬）評注」と謳いながらも、その注は蔣一葵の箋釈と同じである[9]。蔣一葵については次節で

述べるが、この人物が李攀龍『唐詩選』に少なからず手を加えていることが明らかであり、これは『唐詩選』選者の真偽問題に一石を投じることができるのではなかろうか。

第三節　蒋一葵について

蒋一葵の伝は、『長安客話』（北京古籍出版社　一九八〇年）に娘婿の張三光による「蒋石原先生伝」が附録されている。それによると、字は仲舒、号は石原居士。江蘇武進[10]の人。生卒年は不詳であるが、万暦二十二年（一五九四）に挙士となり、霊州知県、京師西城指揮使、南京刑部主事を歴任した。著作には『長安客話』の他に『堯山堂外記』『木石居精校八朝偶雋』『堯山堂曲紀』などがある。また、伝には記録されていないが、蒋一葵の撰とされる詩文評論に『詩評集解』がある。その内容は統論二章、雑論八十二則から成り、唐以後の諸家の詩説を引いたものである。しかしこの書は漢文で施注されているものの、注釈者は讃岐の良野芸之（号は華陰）であり、刊記によると宝暦十二年（一七六二）十二月に京都の文林軒田原勘兵衛が刊行したもので中国にこのような書は存在しない[11]。しかも『詩評集解』の統論二章、雑論八十二則は、明刊本『唐詩選』の巻頭に附録されているもので、むしろ『唐詩選』からそのまま抜粋して日本の書肆が適当に出版した代物である。しかしこの撰者を李攀龍ではなく蒋一葵としたのは、当時の日本人も前節のように明刊本『唐詩選』には蒋一葵の手が加えられていたことに感づいていたからではないだろうか。後述するがこの『詩評集解』を出版したのは『唐詩訓解』を出版していた文林軒であることも非常に興味深い。

蔣一葵の伝によれば四歳年上に江南先生という兄がいるが、『唐詩選』の箋釈のなかに「春甫兄」として登場する人物であり、以下の八点の評がある。

Ⅰ春甫兄曰、盧「長安古意」局面雖濶、機智則同。

春甫兄曰く、盧（照鄰）の「長安古意」は局面 濶しと雖も、機智 則ち同じと。

（巻二、王勃「滕王閣」詩）

Ⅱ春甫兄曰、意謂一切豪華、終歸於盡、而其言富麗。足以闡之。

春甫兄曰く、意謂へらく一切の豪華、終に尽くるに帰せども、其の言 富麗なり。以てこれを闡すに足ると。

（巻二、盧照鄰「長安古意」詩）

Ⅲ春甫兄曰、杜審言亦有詩。杜詩莊、此詩活。杜詩祝、此詩規。

春甫兄曰く、杜審言も亦た詩有り。杜詩 莊なり、此の詩 活なり。杜詩 祝なり、此の詩 規なりと。

（巻三、陳子昂「送別崔著作東征」詩）

Ⅳ春甫兄曰、子美題畫無不妙者。想亦是畫景所助。據愚見如「毫末」「繪事」等字不用出尤妙。子美以爲然乎。

春甫兄曰く、子美の題画 妙ならざる無し。想ふに亦た是れ画景助くる所なり。愚見に拠るに「毫末」「繪事」等の字の如きは出るを用ひざるは尤も妙なり。子美 以て然りと為るかと。

（巻四、杜甫「奉観厳鄭公庁事岷山沲江図」詩）

Ⅴ春甫兄曰、早朝四詩、渾雄大雅、唐人之秇於斯爲盛。于鱗不選杜作、嫌其後半弱也。有此下二作、固不用和賈至詩矣。

春甫兄曰く、早朝の四詩、渾雄大雅にして、唐人の秇 斯に於いて盛と為る。于鱗 杜（甫）の作を選ばざるは、其の後半の弱を嫌ふ。此の下に二作有れども、固より賈至に和す詩を用いずと。

（巻五、杜甫「宣政殿退朝晩出左掖」詩）


Ⅵ春甫兄曰、大手筆、聲律極細。然有對意不對辞、對辞不對意者。

春甫兄曰く、大手筆は、声律 極めて細なり。然るに意に対にして辞に対にせず、辞に対にして意に対にせざる者有りと。

（巻五、杜甫「吹笛」詩）


Ⅶ春甫兄曰、前篇用意因人而生。此編用意因地而生。

春甫兄曰く、前篇 意を用いるは人に因りて生ず。此の編 意を用いるは地に因りて生ずと。

（巻六、駱賓王「易水送別」詩）


Ⅷ春甫兄曰、前篇傷今思古、此篇思古傷今。其得力處、全在「只今唯有」四字。

春甫兄曰く、前篇 今を傷み古を思ふ、此の篇 古を思ひ今を傷む。其の力を得る処、全て「只今唯有」の四字に在りと。

（巻七、李白「越中懐古」詩）


蒋一葵の箋釈には唐以降の諸家による詩評が添えられているが、この評が他の批評家のものと決定的に異なる点は、蒋春甫には唐詩評論の著作がないため、これらの評は他書からの引用ではないことである。その内容を検討すると、Ⅲの杜審言の詩とは同巻所収の「送崔融」詩を指し、Ⅴの「早朝四詩」とは賈至「早朝大明宮呈両省僚友」詩とそれに唱和した王維・岑参・杜甫の作であり、『唐詩選』には杜詩だけが収録されていない。またⅦの「前篇」とは藺相如の完璧の故事を扱った直前の楊炯「夜送趙縦」詩であり、Ⅷの「前篇」も直前に収める「蘇台覧古」詩を指している。要するに、これらは「『唐詩選』に収められた詩」に対する評であり、蒋一葵が『唐詩選』の箋釈をする際に蒋春甫が評を加えて助力したことがうかがえる。ちなみに「蒋一葵　箋釈」から他者の名を仮託した前節の③や❷でもそのまま「春甫兄曰」とされているのはご愛敬である。

第四節　漆山本が明刊本を底本としていない例

話を漆山本に戻すと、漆山は底本に明刊本を用いたことを新たな試みとしているが、漆山本を詳しく校勘してみると、筆者の確認する明刊本（第二節の①）とは異なり、「陳繼儒重校本の本文をありのまゝに此の譯註本に用ひ」ていないことがわかる。

先ずは李白「静夜思」問題について考察する。この問題については既に森瀬壽三氏が取り上げておられるが、[12]宋本以来の李太白集及び『楽府詩集』『万首唐人絶句』などの『唐詩選』以前の詩集では「牀前看月光、疑是地上霜。擧頭望山月、低頭思故郷（傍点筆者）」となっており、日本人にも馴染み深い詩の一つである。しかし明刊本『唐詩選』では、第一句「牀前明月光」、第三句「擧頭望明月」と改められ、現在中国ではこちらが人口に膾炙されている。これは『唐詩三百首』流行に因るところが大きいといわれるが、この異同が始めて確認されるのが明刊本『唐詩選』だというのが森瀬氏の説であり、筆者の確認した明刊本も全てそのようになっている。しかし漆山本では前者の詩語が用いられており、脚注には「此の詩讀んで字の如し解に及ばず」とあり、この異同について全く言及していない。これほど有名な詩であれば、その校勘など歯牙にも掛けなかったのかもしれないが、漆山は必ずしも忠実に明刊本を校勘したわけではないことがわかる。

次に盧照鄰「長安古意」の第九句目を漆山本は「遊蜂戯蝶千門側」と作っている。漆山本は脚注に、

遊蜂。原本啼花に作るも今沈徳潜の唐詩別裁集に従ふ

とある。明刊本は「啼花戯蝶千門側」に作っているが、何故かここでは沈徳潜『唐詩別裁集』に拠っている。確かに「啼花」では意味が通じ難く、強いて言えば「啼花鳥、戯花蝶」の互略法と説明できなくもないが、『唐詩別裁集』の通り「遊蜂」と作る方が腑に落ちる。しかし当初の漆山の基本姿勢から考えると明刊本を忠実に訳註する必要があったはずである。

また、五言排律の杜甫詩の排列について考える。明刊本『唐詩選』では全て「重経昭陵」「王閬州筵奉酬十一舅惜別之作」「春帰」「江陵望幸」「奉観厳鄭公庁事岷山沲江図」「行次昭陵」「冬日洛城北謁玄元皇帝廟有呉道子画五聖図」の順に列び、この排列の根拠は『古今詩刪』[13]に則してのことである。一方、漆山本は他の多くの『唐詩選』注釈書と同じように五番目の「行次昭陵」を最初に配している。これは「行次昭陵」が至徳二載（七五七）閏八月に昭陵を通った時の作[14]であり、「重経昭陵」はその後の作品と考えて、時系列に則して排列し直したと考えられる。ただし「重経昭陵」の制作年についての異論もあり、⑥の『李于鱗先生唐詩選平』には「按此詩、據草堂詩箋、雖曰重經、當敍于行次昭陵之前」[15]と評し、さらに異なる排

列をしている。

第五節　結語

以上、漆山本が底本とした明刊本『唐詩選』を検証してみると、そこに生じる異同には単なる版本の些末な問題として看過できないものがあった。これは確かに『唐詩選』に善本と呼ぶに足るものが無いことが大きな要因であるが、ここから導き出された事実として、これら異同が生じたのは『古今詩刪』を底本とする李攀龍の編選のためだけでなく、蔣一葵の箋釈によるところが大きいと考えられる。和刻本『唐詩選』及びその類本にて本章の問題を検討してみると、江戸・嵩山房の版本は総じて明刊本に従っていないことがわかった。唯一、蔣一葵の名を挙げ、明刊本を底本としている『唐詩選』類本は京都・文林軒の『唐詩集註』[16]のみである。これは、崔署詩の末二句は削っていないが、「静夜思」詩の異同や杜甫排律詩の排列は明刊本に従っている。しかも「春甫兄曰」を「蔣春甫曰」と改められているのは卓見である。それでは江戸の人々が愛読していた嵩山房『唐詩選』は何を底本としていたのであろうか。先ず考えられるのは❷の『唐詩訓解』である。これは嵩山房『唐詩選』出版ブームより一足早く京都文林軒田原勘兵衛が翻刻しており、江戸嵩山房小林新兵衛との訴訟問題にまで発展した曰く付きの『唐詩選』類本である。嵩山房の『唐詩選国字解』は『唐詩訓解』の誤りを追求することに特化したことは先に論じた通りである。[17]想像をたくましくするならば、嵩山房が『唐詩選』を出版する際、文林軒既刊の『唐詩訓解』を底本としていたため、その負い目を抱きながら文林軒への執拗な訴訟を行ったのではなかろうか。嵩山房刊行の『唐詩選』注本で新渡本を意識しているのは、❹を引書とした宇野東山『呉々山附注唐詩選辨蒙』くらいであるが、それさえも清刊本にすぎず、ごく一部の呉呉山の注を参照しているだけであり、本章で取り上げた諸問題には触れられていない。当時のいわゆる鎖国体制の下、老舗の京都書肆と新興の江戸書肆との文化の差が底本の質となって現れている。そもそも享保九年（一七二四）以降、何度も版を重ねて、嵩山房に蔵が建つほどに流行した小本『唐詩選』は、無注本でありながらも見返しにわざわざ「南郭先生考訂」と明記されているのは、その底本が明刊本ではないことを示しているのである。

---

(1)　前野本については花房英樹の書評（『中国文学報』第十八冊　一九六三年）がある。また二〇〇〇年に佐藤保氏によって補訂され、上中下三冊の各巻の構成に大幅な変更が加えられた。

(2)　漆山はその「緒言」の中で「其の多く見らるべき唐詩選が、文庫本として軽便にポケットなどに入れて外出の時なども携帯（ママ）し得るやうにする必要があるから是非と慫慂されて企たのである」と述べる。また二〇〇五年には岩波文庫復刻版として一穂社よりオンデマンド版が出版されている。

(3)　『陶淵明集』は幸田露伴と共著。

(4)　清華大学図書館所蔵本は四庫全書存目叢書として所収。

(5)　この説は『楽府詩集』巻七十九「伊州歌」の解題「西京節度盍嘉運所進也」に拠るが、蓋嘉運に該詩を作ったという記録は無い。

(6)　『礼記』「祭統」の本文「諸侯耕於東郊、亦以共齊盛」に対する孔穎達疏に「天子太陽故南也。諸侯少陽故東也」とある。

(7)　明・陸時雍『唐詩鏡』巻十六には「少字疑誤。世無少陽語。或是早字」とあり、「早陽」に作る説もある。

(8)　②は欄外の頭注に「篇末署集中有傷此無依客如何蒙雨霜二句」と少し表現が異なる。

(9)　❷も同様に袁宏道の名を借りて蔣一葵の箋釈を襲用しているが、該当箇所の箋釈は削られている。

(10)　明刊本『唐詩選』に蔣一葵の原籍は「晉陵」と表記される。

(11)　古典研究会『和刻本漢籍随筆集』第十九集所収。長沢規矩也の解題に、「詩評を蒐獵して一巻とした蔣の書に讃岐の良野華陰が詳注を施したもの。従つて、予が和刻本漢籍目録中に著録したのは誤収で、準漢籍中に列すべきものである。但し、傳本はさう多くない」とある。

(12)　森瀬壽三「李白『静夜思』をめぐって―詩における解釈と校定―」(『関西大学文学論集』第三十八巻第三・四合併号　一九八九年)、「李白『静夜思』をめぐって(承前)―明刊唐詩選本を中心とした考察―」(同第三十九巻第三号　一九九〇年)および「李白「静夜思」その後」(『関西大学中国文学会紀要』第二十七号　二〇〇六年)参照。

(13)　『古今詩刪』の杜甫五言排律詩の収録数は十二首と『唐詩選』より五首多い。

(14)　これも諸説あり、南宋・黄希『補注杜詩』では天宝五載(七四六)の作(「重経昭陵」は天宝九載の作)とする。

⒂　ただし『古逸叢書』所収の南宋・魯言『杜工部草堂詩箋』はこのような注ではなく、「不知往來之因、姑從舊次」とあり、「行次昭陵」「重経昭陵」の順に列ぶ。

⒃　『唐詩集註』七巻　李攀龍于鱗　選／蔣一葵仲舒　註／唐汝詢仲言　解／宇野鼎士新　纂／宇野鑒士郎　訂／笠顕常大典　集補

刊記には「安永三年甲午（一七七四）六月平安書林文林軒　欽行」とある。

⒄　本書第五章「嵩山房小林新兵衛による『唐詩訓解』排斥」参照。

初出一覧

各章の初出論文の原題及び掲載誌は以下の通り。本書収録にあたり、加筆・補訂を行なった。

第一章
「『唐詩選』成立に関する一考察—汪時元の出版活動と李攀龍の遺稿—」
『九州中国学会報』第四十六巻　二〇〇八年

第二章
「明末福建における『唐詩選』類本の営利出版」
『九州中国学会報』第四十五巻　二〇〇七年

第三章
「明末福建書林劉氏試探」
『九州中国学会報』第四十七巻　二〇〇九年

第四章
「清初における『唐詩選』注本の刊行—呉呉山注『唐詩選』について—」
『中国文学論集』第三十三号　二〇〇四年

第五章
「江戸・嵩山房小林新兵衛による『唐詩訓解』排斥」
『中国文学論集』第三十六号　二〇〇七年

第六章
「『唐詩選画本』について―葛飾北斎と高井蘭山の起用―」
勉誠出版『アジア遊学』第１１６号「漢籍と日本人Ⅱ」二〇〇八年

第七章
書き下ろし

第八章
「早稲田大学図書館所蔵天明二年初版『唐詩選国字解』について」
『中国文学論集』第三十八号　二〇〇九年

第九章
「漆山又四郎が底本とした明刊本『唐詩選』」
『中国文史論叢』第八号　二〇一二年

あとがき

本書の土台となる学位請求論文は、二〇〇九年二月に九州大学に提出した「唐詩選集の編纂と受容に関する研究」（甲九〇七四号）である。主査を竹村則行先生、副査に静永健先生、柴田篤先生、南澤良彦先生がそれぞれ務めてくださった。その内容は日中における唐詩選集受容の比較のみならず、国家主導で作られた『全唐詩』と民間で流行した『唐詩選』という位相の違いを明らかにしたものである。本書を刊行するにあたり、校務の傍らに書きためた論文を追加補足し、『全唐詩』に関する論文を削ることにした。特に拙論「曹寅の奏摺から見た御定『全唐詩』の成書過程」（『日本中国学会報』第五十八集）は二〇〇五年に北海道大学で開催された日本中国学会大会で発表したものであり、わたしの乏しい業績の中でも誇れる一つであろう。しかし本書では、わたしが研究の道に踏み入れることとなった『唐詩選』研究に焦点を絞るべく、あえて割愛した。確かに全国レベルの学会で発表した業績は研究者の名刺代わりとなるものであろうが、本書に収録した各論とも指導教官の竹村先生、静永先生の厳しくも温かいご指導を受けてはじめて上梓できたもので、それぞれの論文に対する思いは甲乙つけ難い。また同時に、本書には発表学会の規模だけで論文を判断してほしくないという願いも込めた。現勤務校の前任者であられた鹽谷健氏にも本書第五章の元となった「江戸・嵩山房小林新兵衛による『唐詩訓解』排斥」（『中国文学論集』第三十六号）を評価していただいたのは感激の極みである。

わたしは学部時代、関西大学文学部に在籍していたが、お世辞にも勤勉な学生ではなかった。なんとか卒業単位を取るとすぐに一般企業に就職したが、不況のあおりをうけて他の道を選ぶことを余儀なくされた。

多くの同僚が安定した職種を探していた中で、ずっとわたしの頭から離れなかった二本の論文があった。大学時代の恩師、森瀬壽三先生の「李白『静夜思』をめぐって」(『関西大学文学論集』第三十八巻三、四合併号)と「李攀龍『唐詩選』藍本考」(同第四十二巻二号)である。文学研究とは、重箱の隅をつつくような微に入り細を穿った論文が多い中、この二本の論文は浅学のわたしにも非常に明解で、このような論文を書いてみたいと思い、もう一度勉強をやり直すことを決意させられた。

大学紀要に自分の論文を載せてみたい――本社近くにあった熊本大学の野口一雄先生の研究室の門を叩いた。学部時代のやり直しをしつつ年下の学生からも教えを乞うているうちに瞬く間に修士課程を修了し、本格的に研究の道に進みたいならば、と勧めてくれたのが九州大学大学院の竹村研究室であった。この時までは自分で本を刊行する姿など想像しておらず、何度も書き直しをしながらようやく処女論文を書きあげ、初めて自分の論文の抜き刷りを手にした感動は今も忘れない。九州大学の中国文学研究室は非常に活気があり、時には同志と酒を酌み交わしながら議論を重ねていくうちに、いつしか研究を続けることが当然のように思えるようになってきた。かつて竹村先生が「研究で何か一つのことを明らかにしていくことも大切であるが、我々は古典を後世に伝えるためのバトンとしての責任も果たさなければならない」と仰られた言葉は今も心に刻まれている。現在、高校の教壇に立って、漢文の面白さを少しでも生徒に伝えていくことが私の責務と捉えている。

さて、本書の巻頭にある李攀龍「唐詩選序」は伯父の柴田洋一(号は岳陽)氏の揮毫である。既に定年を迎えて蟄居している両親をはじめ、家族や親族らの暖かい支えによって本書の完成を迎えることが出来た。

最後に好文出版の尾方敏裕社長には遅々として進まない原稿を気長に待っていただき、この出版不況と呼ばれる中、自費出版ということを配慮していただき、採算を度外視して本書を出版していただいた。本書に携わった全ての方々、また本書を手にとってくださった読者の皆様に改めて感謝の意を示したい。

二〇一三年七月

有木大輔

索引

〔詩篇索引〕〔書名索引〕

凡　例

※この索引は、本書における引用詩、書名について、読者の便宜を図るものである。

※詩篇索引の配列は作者名順による。本書に引用された作品以外に、詩題のみ引用した場合も採録した。

※『唐詩選』に収録される詩篇についてはゴチックで示した。

※書名索引において、近現代の論著雑誌など、特に繙読に不要と判断したものは採録の対象から外している。

※注釈者等が冠されて長くなっている書名は適宜省略し、通称を優先した。

※書名索引において通行の李攀龍『唐詩選』は採録の対象から外した。

※本書において引用のため旧漢字であっても、本索引の表記では常用漢字を用いた。

詩篇索引

あ　行

か　行

さ　行

た　行

は　行

ま　行

や　行

書名索引

あ　行

か　行

さ　行

た　行

な　行

は　行

ま　行

や　行

ら　行

わ　行

【著者略歴】
有木　大輔（ありき だいすけ）
1973年　福岡県生まれ
2007年　九州大学大学院人文科学府博士後期課程単位取得退学
2009年　博士（文学）〔九州大学〕
現　在　筑波大学附属駒場中・高等学校勤務

論文に「曹寅の奏摺から見た御定『全唐詩』の成書過程」（『日本中国学会報』第58集)、「朱彝尊の石碑跋文による『全唐詩』補綴について」（『関西大学中国文学会紀要』第28号)、「『平家物語』から漢文に触れる」（『新しい漢字漢文教育』第56号)、共著論文に「中高６カ年を通じた「書くこと」の指導法の開発」（『筑波大学附属駒場論集』）などがある。

唐詩選版本研究

2013年７月13日　初版発行

■著　者　有木大輔
■発行者　尾方敏裕
■発行所　株式会社 好文出版
〒162-0041　東京都新宿区早稲田鶴巻町540　林ビル3F
Tel.03-5273-2739　Fax.03-5273-2740
http://www.kohbun.co.jp
■装　丁　関原直子
■制　作　日本学術書出版機構（JAPO）
■印刷・製本　株式会社オルツ

 Printed in Japan ISBN978-4-87220-153-6